沖縄のうわさ話

オキナワのウワサ

「沖縄のうわさ話」
ウェブサイト
管理人tommy編

ボーダーインク

はじめに
―サイト管理人　tommyからのごあいさつ―

皆さん、はじめまして。

「沖縄のうわさ話」ウェブサイト管理人で本書のナビゲーターのｔｏｍｍｙです。

「沖縄のうわさ話」って何？

「沖縄のうわさ話」とは、沖縄に関するさまざまな情報を、「うわさ話」として多くの方に投稿していただくという投稿型のｗｅｂページです。

飲食店や病院、お買い物、遊び場やブライダルなどの情報から、恋愛や嫁姑問題などの相談系、懐かしい話やゆーれい話で盛り上がる読み物系まで、全部で65項目の「うわさ話」があります（２００７年6月現在）。

そのほかに掲示板（ＢＢＳ）やブログも作ってみました。こちらの方は私の遊び感覚でやってるのでサブコンテンツという位置付けになります。

サイトはたくさんの方々にアクセスしていただいており、現在は、一日あたり３０００～５００００ページビュー（ＰＶ＝それぞれのページが見られた総計）くらいでしょうか。

トップページにカウンタを設置していますが、トップページだけだと一日８０００～１００００で、累計はもうすぐ１０００万といったところです。

神様がくれたアイディア

このサイトが生まれたのは、私がインターネットの面白さにハマッたことがきっかけとなっています。私は、ＨＴＭＬ（ｗｅｂサイトを作成するための言語のようなもの）に興味を持ち、勉強するようになりました。

そして、ある程度理解してくると自分のｗｅｂサイトを作りたくなったのですが、何を作っていいのか分かりません。あれがいいか、これがいいかといろいろ考えても「これだ！」というコンテンツが見つからずに過ごしていました。

そんなある日、車を運転しながら突然ひらめいたのが、「沖縄に関するいろんな情報を『うわさ話』という視点で扱う」というものでした。

これはもう、私が考えたというより、神様がくれたアイディアのような感じでした。

さっそく、webサイトの作成を始め、下手ながらもなんとか完成し、1998年の9月だったかな？　インターネット上に公開することができました。当時はインターネットの普及率もまだまだで、ブロードバンドなんて言葉もない時代でした。

その後、皆様からいろんな情報を提供していただきながら継続し、現在に至ります。投稿数は一日あたり30～50くらいかな？

うわさの項目も、人気のある項目とそうでない項目が出てきますし、新規の追加要望にも応えるようにしていますので、入れ替えにより新陳代謝していっています。

本書へのごあんない

本書では、サイトに数あるうわさ話の中から「ゆーれいスポット」「沖縄の笑い話」「沖縄のワジワジ話」「島ことばのうわさ話」「ユタのうわさ話」「オキナワの昔話」「ちょっとイイ話」を収録しています。

たくさんのお話が掲載されていますが、これが真実かどうか、信じるかどうかはあなた次第。「あくまでもうわさ話」ですので……。

Contents

もくじ

第１章　ゆーれいスポット

テクテクー　テケテケー

✉ポジさん

私の卒業した中学校には「テクテク～」という幽霊がいました。卒業して、いろんな人に出会って分かったんですが、その話は地域によって違うらしく、名前も「テケテケ～」など様々のようです。そこでみなさんの地元の「テクテク～」の話を聞かせて下さい。

私の中学校の話は、**戦争で下半身をなくしたおかっぱ頭の女の子の霊**が腕を組んだ状態でひじを床につきホフク前進のように廊下を這うように笑いながら近づいてくるのですが、そのスピードはものすごく早く、あっ！と言う間に追いつかれるとか……。

ちなみにこの話、福岡県の方にもあるようですよ。福岡は「テケテケ～」でした。学校ではなく山道に現われ、腕は組んでいるのではなく、ヒジをたてにつき、やはりホフク前進のように地べたをズルズルと這ってくるそう……。全国共通なのでしょうかね～！

✉ＡＵさん

私の学校で、その幽霊はてけてけ～と呼ばれてました。噂だけで本当に見たって人はいなかったですが。てけてけ～は直進しか出来ないのと、やはり急に止まれないらしく、ぎりぎりでいきなりまがると、そのまま通り過ぎていって大丈夫だとか？　でも、**笑いながら追いかけて来る**っ

て相当恐怖ですよね～。その時にまがろう！　って思いつけるかどうか。私はその場で腰ぬかすかも。（笑）

✉ベースボール・ジャンキーさん

僕の地元の奈良県でもこの手のゆーれい話があったと記憶しております。奈良では「テケテケ」といわれており下半身だけの幽霊だそうです。どうも生前は高校の陸上部の選手でかなり期待されていたものの、**交通事故に遭いその生涯を閉じた**そうな。で、成仏できず夜な夜な学校のグラウンドを走っているとの事。見つかると追いかけて来て、追い付かれると死ぬそうです。回避方法は最寄の駅か国道までただひたすら逃げる事だったような。てな話を聞いた事があります。

✉のりまきさん

私は、佐賀県に住んでいますが、私の学校にも似たような話がありました。名前は、「テクテク～」ではなく、「カタカタ」でした。山道を歩いていると、カタカタと音がするので振り返ると、子供が**アゴを手のひらにのせ、**ヒジを立ててつき（うつぶせ状態で上半身だけ起き上がり、顔を手の平に乗せてる状態。わかります？）こっちを見てて、よく見ると下半身がないので、びっくりして慌てて逃げると、笑いながら**すごいスピードで**ヒジを足みたいに使って、追いかけてくると聞きました。

私は三十路で、この「カタカタ」を聞いたのは中学生のころでした。でも、もう15年以上前の話です。各地の中学校で、今もこのお話は語り継がれているんでしょうか。

✉ヒデスケさん

ぼくが聞いたテケテケは、変な動きをして追いかけてくるそうです。出現させる方法は、そのテケテケの動きを真似をします。するとどこからともなく現れて、追いかけてくるのです。僕にこの話をした先輩は、テケテケの動き方を知ってたそうですが、**ホントにやばいから、**と言って見せてくれませんでした。

で、テケテケからの逃げ方は、まずは本気で逃げます。でも、そのままじゃ捕まります。速いからね。**捕まると内臓をグチャグチャにされて死にます**。で、逃げ方は、走っている途中でスピードを落とさずに直角に曲がる、という方法です。もう一つは、走って逃げている時に、故意ではなく、偶然に転ぶのです。わざと転ぶと、内臓グチャグチャの刑です。この方法で逃げれば、テケテケはそのまま真っ直ぐ行くので、助かります。がんばれ！

キジムナー

✉名前なしさん

皆さんはキジムナーって見たことありますか？ ある晩仰向けに寝ていると何かがやってくる気配がしました。じっとしてると、子供の声で「〇〇（私の名前）遊ぼう～」という声が聞こえてきました。そしてラジカセからいつも聞いているCDの音楽が流れてきました。「あれ、消し忘れたかな？」と思い起きようとしても体が重く動いてくれません。何かがいたずらしてるなと感じた私はこうなったら完全に無視しようと決め、静かにしているとラジカセのボリュームがだんだん大きくなっていきました。

暫くするとベットの横にある机の方から**ガサガサ**とビニール袋の音が聞こえてきました。その何者かはガサガサと音をたてながら私の方に近づいてきました。そして棒のような硬くて細い腕？で私を起こすかのように背中を押してきました。さすがに我慢できなくなってガバッと起き上がるとあたりはシーンとしていてラジカセもついていませんでした。

父にその事を話すと、ちょうどその日父が仕事場の敷地内に生えている大きなガジュマルの木に別の木のツタが絡まっていたのでそれらを剥ぎ取り、きれいにしてやったと言っていました。その話を聞いてなんだか納得しました。

しかしなぜ父ではなく私の所に？ 姿は見ませんでしたが、**いたずらっ子の子供の気配**が感じられ、怖いという雰囲気はありませんでした。不思議な体験でしたがあの有名な？ キジムナーと会えてある意味貴重だなと今は感じています。でも次の日が休みだったから良かったものの、平日に来られたら不眠になるのでやめてね、キジムナーさん。

✉ろんさん

うちのお家、ゆーれいスポットです、ほんとです。**「パタパタおばけ」**がいるんです。ある日、お家で寝ていると遠くから「トコトコ、トコトコ」と足音が聞こえてきました。寝たふりをしながら聞いていると、僕の前まで来ていきなり「ピョコン」とベッドに飛び乗るではありませんか！ そして僕のかけ布団の端を掴んで「パタパタパタ」とあおぎだしました。ひ、ひと晩中です。怖がるのもバカらしくなってきて「ま、こんな人生もあるのかな？」と思い、ゆっくり眠る事にしました。目覚めると、いつもとおり気持ちの良い朝です。こんな事が何度もありました。

さらに「コンコンおばけ」もいるんです。ある日、僕が眠ろうとしているとき「あー眠る……」というその瞬間！ 頭の天辺を「コンコン、コンコン、コンコン」と叩く何かがいるのです。起きると何でもなく、眠る瞬間になると「コンコン、コンコン」なもんだから、おばけってわかりました。このときは怖いと言うよりただの迷惑だったもんだから、やっつけてやろうと思い頭の上にパンチを繰り出すのですが、残念ながら手応えはありません。結局朝まで戦ったのですが、僕の負け、そんな感じです。

たぶんキジムナーでしょうね。たまに別の部屋をトコトコ歩いている足音も聞こえてきます。一度なんかラブホテルにまでついてきて、エッチが終わって眠っているとき「布団パタパタ」(笑)。

まあ**可愛いイタズラ**程度なんでほっといてますけどね。

✉きっちょんさん

ある夜中に突然妙な感覚を覚え目を覚まし、私はふと目を開けました。30センチ四方はあろうかという大きな顔に、これまた顔の3分の1はあろうかと思える大きな目をした、赤毛のおかっぱっぽい長さの髪をした子供の顔だけがありました。肌の色はベンガラ色とでも言うのでしょうか、茶色がかった朱色をしていました。街頭の明かりがかすかに差し込んでいるとはいえ、こんなにハッキリと色合いまで見えるなんておかしい！

次の瞬間「バタバタバタバタ！」という大きな音を立てて何かが布団の上から、私の腰あたりから額の方までをはたき上げたように感じました。**平手の指で力強くはたかれたような、**もしくは大きなアヒルのような生き物が駆け上がって行ったような、そんな感触でした。

「今のは……夢だよな」と布団に手をやった瞬間、**心臓がドクン！と鳴りました。**先程何かにはたかれたような感触を感じた部位、布団の中心線のあたりが、7センチ×5センチくらいの幅で、2センチ程の間隔でポコポコとへこんでいたのです。始まりは私の腰があった辺り、終わりは布団の上端でした。

翌日、近くの海浜公園を歩いてみました。その時初めて、大きなガジュマルが何本かあるのに気付きました。もしかして、暇していたキジムナーが悪戯しに来たのかなー？　あんな市街地にあるガジュマルにもキジムナーがいるのなら、喜ぶべき事なのかもしれませんね。

✉けいさん

自分はちょっと変わったキジムナー？ に会いました。

前にも一度会ったのですがそのときは、なかなか寝付かせてもらえなかったことを記憶しています。まぁ、はっきり見えなかったのですが知り合いにたずねてみると（その人は結構霊感をお持ちの方なのですが……）「キジムナーだねぇ〜、よかったさぁ〜」といっていました。

それから一年と半年過ぎてから、ふと思い出して一度来てくれたのならこっちから家にお誘いしようと思い、夜寝る前に、「キジムナー、よかったらまた家に遊びにおいでぇ〜、遊ぼうよ！」と心の中でうーとーとーして眠りました……。するとどうでしょうか！ 金縛りにあい何か小さくて黒い影が部屋をぐるぐる飛び回ってました。

来たかなぁ?? と思ってそのままにしていたのですが、以前にもましてくるくると飛び回っていたので少しばかり、「もう、いいかげんにおとなしくしてよぉ〜。こんなに飛び回ってたらこわいさぁ〜」って心の中でお願いすると……なんと!? そのキジムナーはわたしの耳もとにやってきて、少し甲高い声で

「なんでやねぇぇぇ〜〜ん!!」

と言い放つではないですか（笑）。その声を聴くとともに気配と影はそのまま森のある方角に消えていく感じがしました。キジムナーもテレビ見たり旅行とかしてるのでしょうかね??

学校のこわい話

✉真維さん

那覇市の某小学校は、以前は病院だったといううわさがあります。図書館は手術室。図書館の前のトイレは霊安室。理科室は何だったか忘れたけど、出るといううわさがあって、見たという人がたくさんいます。100段階段っていうのがあって、それを一段ずつ数えていくと、日によって一段多いとか少ないとかいう日があります。でも**最後の一段は絶対に踏んじゃいけない**、と言われています。

学校の裏は海軍壕で、お墓もあるし、病院だったのはほんとじゃないかな。今思えばその学校は高台にあるのに校内が薄暗かった。

✉花火ちゃんさん

今は新しく建て直された○○○小学校ですが、その前の古い校舎の時の話です。古い体育館の道路沿いの外階段の下にはちょうど赤ちゃんの姿のような赤い模様がありました。姉が聞いた噂では、耳がない赤ちゃんを産んだ母親が、ノイローゼになり、4号校舎の裏にある柳の下でその赤ちゃんを殺し、その体育館の外階段の下に捨てたという話が伝わっていたそうです。

私も小学生の頃、実際に見に行きましたが、**赤い色をした赤ちゃんの形**のようなものが本当にありました。恐くて、呪われると思い、二度と行きませんでした。〇〇〇小学校出身の方で、あれは本当はなんだったのか知っている方はいないでしょうか。現在は体育館は取り壊されて新しいのですが、いまだに気になります。

✉らんさん

これは私が中学生のとき実際に経験した話です。夜7時を回ったころ、理科の提出物を不気味な理科室に提出しないといけないので友達に一緒についていってもらいました。案の定電気は消えていて、すごーーーく不気味でした。すると教官室（先生たちの部屋）から**高〜い歌声**が聞こえるんです。あのコワイ先生が歌ってることに不気味さはとんでいって、私は友達とドアに耳をぴったり付けてしばらく笑いながら聞いていました。けど、突然一人の友達が急に真面目な顔になってドアノブをもって**「ガチャガチャッ」**と回したんです。すると今まで聞こえてた歌声はピタッと止まって……一瞬しーんとなった後、私たちはダッシュで逃げました。後で先生にこの話をしたら、「電気消えて教官室閉まってたんでしょ？　**だれもいるわけないさー**」と言われて鳥肌がぞぞぞー。友達も聞いてる途中で「電気もついてない中でこんな長く歌ってるのはおかしい」と感じたそうなんです。今でもあの歌声はしっかり耳に残ってます……。

✉紫苑さん

首里高校には、**トイレの鏡が一番左側だけありません**。最近は取り付けられているんですけど、自分が入学したときには、ほとんどのトイレの左側の鏡がありませんでした。無いと言うか取り外されているのです。うわさでは**兵士の霊**が映るから取り外されたとの事なんですが、実際のところはどうなんでしょう？

✉名前なしさん

ある学校にはグラウンドの片隅に**「和魂」**っていう戦没者の名前が記載された記念碑がありまｓ。和魂の記念碑の隣になぜか腰掛けがあったんです。当時、見える人には白い服着た人が座ってるって言ってました。その椅子を片付けないでって言ってるって言ってました。幽霊が見えない野球部員がその椅子を片付けると、**急に気分が悪くなり**、慌てて椅子を元の場所に戻すと体調が良くなった事がありました。あと、グラウンドで和魂から職員室を直線にした場所で怪我人が出るって事もしばしばありました。

✉しまんちゅさん

地元のA高校はゆーれいが出ることで知られています。高校の近くに火葬場があり、その火葬場と高校の裏手にある聖域とされている森へとつながる霊の通り道に校舎があるのです。

管理人さんの話によると、夜になると**壁から人の顔**が浮き出てきたり、トイレの鏡に兵隊の姿が映ったりするそうです。見える人には授業中、教室の両壁から**無数の手**が出ていることもあるそうです……。怪奇現象もあり、昼間の授業中に突然黒板消しのチョークのほこりをとる機械が動き出すことがありました。正門近くの自販機の前では真夜中になると、下半身のない女の人の幽霊がいるとのことです……。いわくつきの話は他にも多く、おじいおばあなんかがマジムンがいるからA高校には行くなと言っていた意味が入学してみてよく分かりました。

✉うかーさいおさん

某大学では数多くの心霊現象が目撃され多くの学生達が奇妙な体験をしています、そこの棟はかなり古くて建物の耐久年数はとっくに過ぎているとか…。自分や周りの人達が体験した現象や怖いスポットを取り上げてみました。


一階→非常階段付近、友人と二人で女の幽霊を目撃！

二階→朝になるとトイレの水道の**蛇口が全開**に開き水が出っぱなしになっている。（何回も）

三階→スタジオ奥の編集室では誰もいないのに椅子のきしむ音や人の声がハッキリと聞こえる。

四階→特になし（安全？）

五階→ヤバイ、ヤバすぎるここの女子トイレはかなり危険、奥のシャワー室なんかは足一歩も入れたくないくらい怖い。自分はここのトイレを使わせていただいた事があるが（もちろん誰もいない時に）出口付近の壁に鏡が設置されていて、出る時に一度もこの鏡を見たことがない！というか見れない！（怖すぎて）。手を洗って下を向いてる時にもその**鏡から視線を感じる**。実際この階にいる女子達も夜残って作業しているときはわざわざ下の階のトイレに行く事が多いと言っていた。

六階↓ここではいくつか奇妙な目撃例がある、屋上へ通じる階段を上っていくと物置みたいなところがあるのだが、以前深夜に友人と下の階（五階）で作業中、天井の上からゴンッゴンッ！と大きな音がしたので誰だろうと思い、棒とライトをもって六階に調べに行くことに。階段の上の方から物音がしたので「おーい」と声をかけてゆっくりライトを照らすと、サッと頭の影がしゃがむように階段に隠れた。緊張しながら恐る恐る近づいてそこを見てみると……**誰もいない！**……泣きそうになりました。

その他にもこの大学、周辺で霊を見た、奇妙な体験したという話をよく聞きます。はやく建て直したほうがいいかも。

✉H・Wさん

私の通ってる学校の旧校舎の話なんですけど去年、授業をしてる時に急に廊下から「キィーキィー」と音がして、その音（看護婦さんが何かを押してくる音）はだんだん教室の入り口に近づいてきたそうです（クラス全員が聞こえた）。その音は入り口で止まり……ドアを開けて**「先生、急患です」**と言って消えたそうです。

✉さんぴん茶？さん

私の出身中学でのちょっとこわ～い噂話を……。私は南部地域の出身です。出身中学は○○中学。ある日のこと、いつものように部活動にいそしむ同級生数人が日曜日の朝学校へ行ったところ……警備員のおじさんが階段で亡くなっていたそうです。それからというものその階段下では警備員のおじさんがたびたび目撃されるとか、声が聞こえるとか、いろいろな話を耳にしました……その警備員の**おじさんはかなりいい方だったのでみんな怖がることもなかった**……な～んて話がありました♪

【リアルゆーれいスポット体験記　その1】

佐藤さんの家……かつて「佐藤さん」という名の一家が住んでいた廃屋。表札もあった。

✉りなさん

今から13年前の話ですが……私「佐藤さんの家」と呼ばれる所に行った事があります。ドアの横には表札があり、鍵は開いていてドアは壊れているのか、ちゃんと「ガチャ」と閉まりませんでしたが、家の中は荒らされた様子もなく（ホコリとかはすごかったけど……）人が侵入した形跡はありませんでした。

玄関から中に入ると、確かすぐ台所になっていたと思います。台所の食卓の上には、**ご飯やおかずが入った茶碗**が並べてあり（ゴキブリが大量発生してました……）今からご飯よ！って感じのテーブルでした。隣の部屋にはフトンが一組敷かれていて、今まで生活してた人がフッといなくなったような感じでした。（夜逃げか神隠しのような？・？・？）

奥の部屋ものぞいてみようと思った時、家の中のどこかから「ガタン!!」と大きな音がしてビックリして玄関から飛び出し、再度入る事なく帰りました。行って来た人の話を聞くと、玄関の鍵が開いてる時と開いてない時がある事！ みんな二階がコワイ!! という事が共通してました。

✉いとまんちゅさん

友人たち4人で「佐藤さん家」に行きました。昼の3時頃だったと思います。しかしその日はあいにくの雨で周囲は薄暗く怪しい雰囲気が漂っていました。私たち4人と若者何人かで「佐藤さん家」の玄関を目指しました。

玄関はぼろぼろに朽ち果てていて中が見えました。中はスプレーで落書きされていて「怖い」という気持ちよりも「なんてヒドイ」という気持ちでした。しかし、「何かおかしくない？」と思い皆でよく観察してみるとなんと、長い間誰も住んでいないはずの家に**電気が通っている**ではありませんか！ そして、先頭にいた若者グループから「わーっ！」っていう声が！ 私たちと若者グループは一目散にその場から逃げました。

✉ **匿名希望さん**

佐藤さん家、私たちが行ったのは朝だったんですが、夜と違って家の中が見渡せるので逆に不気味でした。佐藤さん家は火事の後のようで、さらに家の中にはたくさんゴミが散らばっていました。そして何故か**トイレの水がちょろちょろ**と出てたんです。しばらく家の中を見物させてもらった後、みんなで家の中で記念撮影をしました。

「こうゆう時って真ん中で写る人がやばいんだよねー」なんて言いながらその日は何も起こらず、後日出来上がった写真にもそれらしきものは写ってなかったんで、なんだぁって感じだったんですが……。その後、あの時一緒に行った友達の一人が、佐藤さん家に行った直後に高熱で入院したって聞いて、めっちゃビビってしまいました。しかもその友達、記念撮影の時に**真ん中にいたんです……**。

✉ **あやーさん**

佐藤さん家に行く途中に電話ボックスがあるんですが、そこもある意味怖いです。ボックスの中に電話がありません！　なのに電気もついてて……。こわいこわい。

✉ **ひよこさん**

友達が佐藤さん家の表札の前で写真を撮ったらしいんだけど、変な白い顔が写りこんでたとか……。しかもその顔は男の人の顔で**焼けただれた**ようにゆがんでいて、目玉が飛び出してる状態、見た瞬間に吐き気がきたとのこと。その話聞いてからはもう二度と行かないと思いました。

✉釣特急さん

あの「佐○さんの家」は廃墟じゃなくなってます。現在は中を改装して人が住んでいます。去年の暮れに行ってみた時には建物の中は全部壊して外観はそのままで中のものは全部なくなってました。その時は「何かに建て替えするのか？」って思ってました。

そして年が明けて今年の2、3月頃（？）に行ってみたら門の中に乗用車が止まってて部屋の電気が点いていました（カーテンもあった）。数名で確認してるので間違いないですよ。昔はどうあれ今は住んでいる方がいらっしゃるので**絶対に行かないでください**。住んでいる方には大迷惑になってしまいますよ。

逆立ち幽霊

✉やっけーさん

自分は名護に住んでる中学生ですけど、今日、しに怖い話を聞きました！　だいぶ前の事らしいんですけど、（30年位前）当時、今の某病院のほうの道に、「さかだち幽霊」が出たらしいです。その頃のその道は暗くて、坂道で石がいっぱいあったそうです。そこを、夜、上半身しかない女の人が逆立ちで（つまり、**足がないから地に手をついて**）追いかけてくるらしいです!!……怖くないですか？ この話聞いたから、今日はもう寝られないはず……。

✉ベースボール・ジャンキーさん

やっけーさんの「逆立ち幽霊」の話ですが、沖縄芝居でそれが出てくる話があるそうです。「マカン道の逆立ち幽霊」という話で、「マカン道」とは今の環状2号、儀保十字路から真嘉比、安里を経て崇元寺に至る道の事です。その話でなぜ幽霊が逆立ちして出てくるのかという理由は次の通り。

昔あまりに美しい妻を持ったが為に嫉妬に狂い、ついには病気になってしまった男がいました。妻は夫を安心させるために自ら鼻を削ぎ落としてしまいます。

しかしその男は醜くなった妻に愛想をつかし、新しい女を作って挙句の果てには妻を殺してしまいます。当然のように妻は夫の前に亡霊となって現れます。

そこで夫は妻の死体を掘り起こして二度と化けて出ないように**両足を釘で棺桶に打ち付けた**が為に逆立ちして出てくるとの事です。

ハンドバッグ幽霊

✉いくさんさん

どなたか、教えてください！　佐敷町のハンドバッグゆうれいの話を知ってる方いませんか？　確か、終戦後しばらくたってからの話だったと思いますが、内容を忘れてしまったのです。知っていたら教えてくださいね！

✉ハヤシさん

ハンドバッグ幽霊の話が載っている本が家にあるので読んでみました。

佐敷のバックナーヒルと呼ばれる丘の麓に、夜中になるといつも同じハンドバッグを大事そうに持ったキレイな女性が寂しそうに立っていたそうです。初めのうちは見た人も幽霊だとは思ってなかったそうです。ある夜一人の男性が酔っ払ってバックナーヒルの辺りを歩いていると、そこにハンドバッグが落ちていたので家に持って帰って寝てしまいました。夜中目を覚ますと枕元に女の人が座っていて、彼に話し始めました。

その話というのは、彼女はこの世のものではないが遺骨がまだ弔われていないため成仏できないでいる、石川に叔母がいるので遺骨を拾わせてほしい。

この男性は半信半疑でハンドバッグを持って彼女が言っていた石川の住所を訪ねると、叔母という人は実際にそこに住んでいました。叔母さんの話では、このハンドバッグはこの娘が南洋で戦死した許婚からもらった物である、この子は**従軍看護婦**として働いていたが逃げる途中で砲火の犠牲になってそれ以来行方が知れなかった、とのことでした。そしてハンドバッグを拾った場所を掘り起こしてみると**女性の遺骨が出てきました。**

その後女性の幽霊はお礼を言うためか1、2度出現しましたがそれ以降は見られなかったそうです。とても悲しい話ですよね……本にはバックナーヒルの写真が載っていますが昔過ぎて今のどこなのか全くわかりません。「佐敷村馬天」って書かれてます。そうとう昔?·?

米軍基地のゴースト

✉Hiroさん

うちの夫に聞いた話です。キャンプフォスターの瑞慶覧交差点側のゲート5知ってますか?実は、あそこに入って左側の辺りは出るそうなんです。そう**ゴースト**が……。

3~4年位前に夫がフォスター勤務だった頃に事件は起きたそうです。ある海兵隊のボスが、若い兵士(当時19~20歳)にゲートから入って左側に展示してある古くて錆びた大砲の筒を焼ききるように命じたんです。彼はそれに従い火花の飛び散るやつ(日本名を知らないんです。スミマセン)で筒を切り落としました。彼の注意が足りなかったのですが、その瞬間、巨大な筒は彼の後頭部を直撃です。近くで見ていた彼のボスはどうする事も出来なかったそうです。

それ以来あの辺りには彼のゴーストが現れるそうで、ゲートガード達は、夜にそこに当たるのを恐れていたそうです。

✉ZELDAさん

国道58号線を那覇から北上し、浦添のキャンプキンザーの第一ゲートを越し更に進むと左手にもう1つゲートがあります。何年も前に閉鎖され、現在は週末のフリーマーケットの時のみ開放されますが、ここは決まって週末の夜になると、戦時中の古い装備を着けた米兵が、タバコを手にdutyの兵士に**「火あるか？」**と訊いてくるそうです。火を貸すと、たちまち宙に消えるのだとか。

もう1つはキャンプフォスターとキャンプレスターの中間辺りにある、58号線を右折すると330号線の瑞慶覧に抜ける道のすぐ右手にあるゲート。こちらも使われなくなってかなり経ちますが、こちらのゲートには**馬に乗ったお侍さん**の幽霊が出るそうです。どちらのゲートも目撃者続出で、dutyに立つ事を拒否する人が多くなった為、遂に閉鎖に至ったようです。

✉イタ子さん

米軍基地内GATE2の近くに使われてない家があります。窓は板で覆われ中は見えなくなっています。私の聞いた情報は旦那さんが訓練で沖縄を離れていた間に奥さんが不倫して、それをみつけた旦那さんが怒り**惨殺**したとのことです。30年から40年ぐらい前だとか。

✉ZELDAさん

嘉手納基地内の今はもう使われていない建物なのですが、何年も前にとある一家が入居したそうです。それまでは何の問題もなかった一家の主がある日突然、自分の家族を惨殺した挙句に自殺をしたそうです。原因不明のまま時が経ち、事件の事を知る人達も本国に帰ったり他国に転勤してゆき、また別の一家が沖縄に赴任してきてその家に入居したそうです。

噂ではその家の主人は、こっそり裏で勤務態度や特に精神面で問題が無いか調べられていたようですが、特別何かあるはずも無く最初は普通に生活していたらしいです。が、やはりある日同じように**突然気が狂ったかのように一家を皆殺し**にした上、また同じく**自殺**という最後をたどったとかで、以降その家には何かがあるという事になり、その後二度と使われる事はなくなったみたいです。今でも深夜その家の近くを通ると、**陶器が割れるような音**や少女の悲鳴らしき声が聞こえるそうです。

【リアルゆーれいスポット体験記　その2】

許田の廃屋……名護市の海岸沿いにある廃屋。かつて一家惨殺があったとのうわさ

✉テツさん

許田の幽霊屋敷、海辺の廃虚ですが以前、「一家が惨殺された家だ！」と聞かされました。そして、その遺体の一つがタンスの引出しの中から不自然に「二つ折り」になって発見されたと聞いて

います。そのタンスが今も存在しているという事で、そのタンスを確認する肝試しに行きました。

家の前に着くと、玄関の前に**写真が100枚程バラまかれて**おり、拾って見るとそれは家族の写真でした。この写真で僕はかなりビビったのですが、「やめよう」と言い出せず、みんなと家の中へ……。

タンスもちゃんと一階にありました。引き出しは鍵がついている訳でもないのに、何故か開きませんでした。二階を探索中、友達の1人が「見てみ～」って大声で外を指差し叫んでいるので窓から外を見ると暗い海が広がっているだけで何も見えません。「やーよ！　しかばすな!!（お前、おどかすな）」って言うと友達はとても恐怖に顔がひきつっていて、普通じゃないと感じました。「ここから出よう！」って事で階段に向かおうとした時階段を誰かが上がって来る気配……「見てみ～」と叫んだ彼には何かが見えたらしく、一目散に**窓から飛び降り**（2階の!!）車の方へ走って行きました。彼の尋常じゃない行動に僕たちもビビリ全員窓から飛び降りまして車で逃げました。話を聞くと3人の黒い人影が海から上がって来て家に向かって来たそう……そして階段から上がってきたのはまさしくそのビショ濡れの3人で怖くなって窓から飛び降りたそう……。「その3人は**ものすごい形相**で怖かった」と言ってました。

✉プロジェクトA'さん

友人たちと車2台で許田の幽霊屋敷に行きました。車で屋敷の前まで行き、みんな車から降りたんですが、明らかに空気が重く冷たいのがいやでもわかるんです。自分が屋敷の入り口に足を踏み入れたのですがそれから先に進むことができなく帰ることにしたけど、その時尿意をもよおしたので海に向かって立ちションをしたのですが、背後からいきなり体を掴まれました。

友人の誰かだと思ったので「さんけー（やめろ）」と言ったんですが口から声が出てなかったんです。アゲッと思い体を動かそうとしたんですが、**動きません**。目だけは動いたんで友人たちのほうを見ると全員います。じゃあ、後ろにいるのは誰⁉と混乱してると背後から**「フーッフーッ」**と息遣いみたいな声が聞こえてきたのです。

友人たちが様子がおかしいのに気付き「早くこっちこい！」と怒鳴るけど怖くて誰も近寄れない。2、3分後に車のクラクションが聞こえると同時に体が動き友人たちの所に転がるように逃げ、急いで車に乗り込み帰ろうとするのですが、後ろの車が動かないんです。

その車にいくと運転してる友人が泣きながらハンドルを握って動かなくなっていたんです。どかそうとしたんですが**物凄い力で**ハンドルを握っていて動かないので、5、6人でやっとこいつを後部座席まで移動させて運転手を変え、散り散りばらばらに帰りました。

翌日学校でその話を友人たちとしていたら、動かなかった奴の乗っていた車はあの後大変だったと言っていました。帰る途中に、泣いていた奴がいきなり**「行かないといけない」**とぶつぶつ言い出し助手席の奴に掴みかかり、こいつをみんな必死で取り押さえてコンビニに車を止めてどうしたらいいのか判らず1時間程いたそうです。

すると彼が「いつの間にここに来た？　だー、送って帰るよ」と普通に言って、みんな唖然としながらも何も言えずに帰ったそうです。後から彼に聞いたんですが、ドライブの途中からの記憶がないらしいのです。**彼には本当のことが今でも話せません**。

✉ヤンバラーさん

許田の幽霊スポットなんですけど、一家惨殺といろいろかかれていますが、実際の所、そんな話はありません。私は許田の湖辺底出身ですが、そこには40年位前までアメリカの夫婦が住んでいましたが、片方が亡くなり、アメリカ本国に引き返した後、空き家になったのです。他の家から離れていることや、**塩害による家屋の腐敗**により、年月が経つに連れて幽霊屋敷と呼ばれるようになったのですよ。

✉あきらさん

昔から心霊スポットに行って肝試しをする行為はあとをたちません。その行為は非難しませんが、あまりにも安易で危険すぎます。少し理屈をわかっている人は絶対にそういう場所には近づきません。なぜか？ そういう場所（スポット）の始まりには必ず理由があります。そして年月がたつうちにたくさんの有象無象（成仏できない霊のたぐい、怨念、魔物等）が共鳴して集まり出すのです。**そういう場所に飛び込むのは、今燃えている家に飛び込むことと同じです**。いわゆるシックスセンスを持っていなくともです。中途半端なシックスセンスを持っている人が、一番危険です。なるべくそういう場所には行かない事が肝心です。

車に乗っている時に

✉りゅうさん

付き合っていた彼氏がすごく霊感のある人で、その彼と名護の友達の家に遊びに行って帰るときのこと。玄関を出たら外はすごいどしゃぶり。彼が「車取ってくるから、階段の所で待ってて」と言い、車の方へ走って行ったんですけど、一度私のほうを振り向き、また走って行きました。

彼の車へ乗り、那覇へ向かったんですけど、彼は妙に無口になっていました。私は、「見たのかな??私、はっきりしたの見たことないから、**一度は見てみたいなあ**」なんて考えながら助手席に座っていました。

ふと、バックミラーを見ると、後部座席の窓ガラスが写っていて、よく見ると長い黒髪が窓の外の方に風でなびいているように見えました。家に着いたのはもう夜中で、眠ることに。しばらくして彼は眠ってしまったようでしたが、私は目が覚めてしまいました。それから、いや〜な感じになったかと思うと、体が動かなくなり、足の先から頭の先まで鳥肌と同時に震えがきました。

右側のほうから、何かがスー……と足元のほうに。気配でどこにいるって分かってしまうんです。薄目を開いて見ると、私の左足の下に、白い着物で垂れた黒い帯。少しウェーブがとれかかったヒジぐらいの長さの、黒髪の女の人が立っていたんです。

目を閉じ、息を凝らしていると、私たちの周りをゆっくりスー……っと回り、私の右上の方に来て**「きたよ……」**。響くような声でした。金縛りはふっととけ気配もなくなっていたんです。私は大泣きしながら、彼を叩いて起こしました。

彼は「お前、つれてきたね」……。どんなのを見たのか彼には言ってないのに、彼は知っていました。あの、名護の友達のアパートの階段で見たのと同じだと言っていました。私が見てみたいと思ってしまったから、多分名護からついてきたのでしょう。

✉はにまる王女さん

友人2人と一緒に夜中、南部にドライブに出かけました。初めて通る道でしたが、なんだか気持ちが悪くなり、早々に車に戻り引き返すことにしました。誰かに後を付けられている気がしてバックミラーに目をやると、**白っぽいワンピースの女**がミラーの左から右にゆっくりと移動していくのです。驚きました。走っている車と同じ速度で平行移動出来る人間なんて考えられません。友人に言おうかと思いましたが、余りにも恐くて、もっと明るい場所に着いてから話そうと考え、コンビニに入りました。

コンビニに入って、今の事を話そうかどうか迷っていると、後部座席に乗っていた後輩のKが「……先輩。見ました？ 白い女」と青い顔で先に聞いてきたのです。見間違いじゃなかったんだ……「見た。バックミラーに映ってた」「先輩にはそうみえてたんですか？……俺には、**運転席側の窓を……たたいてる女がいた**。凄い顔で」

泣きそうになりました。帰りに、塩を買ってまきまくったのは言うまでもありません。

✉えれくとらさん

うちの姉から数年前にきいた怖い話です。その話とは、あるカップルが北部にドライブに行き途中にある某観光地で休憩をしようと寄ったそうです。車をとめ、彼氏の方がトイレのほうに行き、彼女は車で待っていたと。しかし、しばらくすると彼氏が青白い顔をしてトイレから走って戻ってくるなり、彼女に早く車を出すよう強い口調で要求したので、彼女は訳がわからずただ車を出したそうです。

その後、彼に訳を聞いてみると彼は霊感が強いらしくそのときにある光景が見えたらしいのです。その光景とは……。車の中をのぞいていた。そう、彼女がひとりで乗ってる車の周りを**たくさんの幽霊が囲んでいて、彼女の顔をじっとみていたそうです。**

✉トムさん

10年以上前の事ですが、彼女とドライブを楽しんだあと家に帰ろうと北谷の58号線を北上、具志川方面へむかうため　国体道路入り口の三差路で信号待ちをしていました。深夜2時ごろ交通量は少ないのですが、遠くからタクシーが1台猛スピードで来るのが見えました。そのとき私の耳元で**「ほら、行けるよ、ほら、行けるよ」**と言う男の声が聞こえました。

私は頭の中がぼーとした感じで「へー、行けるんだ、タクシーが猛スピードで来るけど大丈夫なんだ」とわけのわからないまま　車をスルスルと発進させました。

そこへ間髪入れず助手席の彼女の「あんたよ！ 何してるの!?」の叫び声で我にかえり、あわててブレーキをふむと、クラクションを鳴らし左へ大きくカーブしながらこちらを睨みつけるタクシーの運転手が……。おそらく事故死した男性の霊がおびきよせようとしたんでしょう。ガクブルの夜でした。

✉ひろぴょんさん

オイラの友達と2人でドライブ中、読谷から北谷向け、嘉手納マリーナの前を通り過ぎて車のスピードが上がり始めた頃……助手席の友人が、「あ！　あぶない！」と運転手の脇からハンドルを切ろうとしたそうです。

運転手は「なんで！」といいながら、ハンドルを直しつつ、車を道ばたに寄せ止めたそうです。「なにすんだよ！　あぶねぇじゃないかよ！」というと**「お前、今、人をひこうとしたんだよ……」**「誰が？　俺が？　何言ってんだよ！　誰もいなかったよ！」と……。

あの道は事故が多い場所ですよね、直線なのに。この友達のように、突然、人が飛び出してきて、よけると事故になってしまうことが多いらしいです。もちろん、幽霊の仕業だと思いますが。特に聞いたことがあるのが、クビのない外国人さんの幽霊と、ヘルメットをかぶった男の人、っていうのをよく聞きます。クビが無いのは、バイクで事故ってヘルメットごとクビが飛んでいったとか……。怖いっすねぇ……。

✉いらぶちゃーさん

幽霊ひきました。忘れもしない7年前の冬の日の夜中。家路を急いで美浜の中通りを走ってましたら、ピザハウスジュニアのところの横断歩道の前に腰の曲がったおばあがポツンと立っているのを発見！　時間も2時過ぎ！　あい、くれ～まじむんるやさに？（これ化け物だろう）って思いながら、おばあに近づいて行くと、突然このおばあ、腰曲げたままとっても早いスピードで**車の前めがけて走り出す**ではありませんか！

半分幽霊だと思ってはいたのですが、ぶつかった瞬間ゴンって音が鳴ったらどうしようと思いつつも、よけるのも止まるのも間に合わない距離！　ちょうど車の真正面のところで交差しましたが、おばあの姿はどこにもありませんでした。やっぱり、幽霊でした。でも、このおばあの幽霊、自殺でもしようとしてたんかなぁ……。

幽霊の自殺かぁ？？？

【リアルゆーれいスポット体験記　その3】

SSS（スリーエス）……恩納村にある恐怖スポット。名前の由来は諸説ある。

✉Mikeyさん

先日、友人と4人で「SSS（スリーエス）」に行った時の事です。その日は到着の前に「島マース」を買って行くはずだったんです。ところが、「SSS」近くの商店ではちょうど島マースが品切れになっていて、話し合った結果、**「味の素」**（笑）を買ってしまったんです。「何もないよりはマシか!?」って事で。とりあえず、車内外をそれで、清めて？？向かいました。

無論、その化学調味料が効果を発揮する訳はなく、現場に到着してすぐに嫌〜な生ぬるい様な風を僕は感じ、何故か車外後方から寒気を感じていました。バックミラーで恐る恐る覗いてみました。すると、こちらに向かってゆっくり歩いて来る**白装束の女性が！**その女性は一歩一歩、こちらに近づいてきます。しかし、様子がおかしいんです。フワフワ浮いてるような、地に足がついてない様な。

彼女は4、5歩歩いているうちに、宙を階段を上がるように登って行き、スッ、と消えてしまいました……!!僕は大声で、「逃げれ〜!!」、と叫んで僕らは猛スピードでその場を離れました。しばらくして全員で車外に出て、車やお互いに異常は無いか確認しました。

「ヤバイ！これ何か!?」と一人が声を上げたのでそっちの方に目をやると、車のリアガラスには沢山の**「手形」がベタベタと……!!**さすがに怖くなり、またまた意味のない「味の素」をお互いと車に掛けまくりました。皆さんも気を付けてくださいね。ちゃんと、**島マースを買って下さい！**

✉
ぽんこつZさん
「スリーエス」と呼ばれている場所は、いわゆる拝所です。現在は国道58号沿いに移ってますが、昔その場所には冨着部落があり、その部落の安寧を願い建立されたものです。俗世ではユタの修行所等と言われていますが、偶然に拝みをしている神女を見たのを勝手に解釈した話だと思うので、**全くの事実無根の話**です。

私は、大学でこのような民俗学を専攻していて、これらの拝所を調査した経験もあるため、これらの場所が「肝試し」の場所になっていること自体、どんなものかと思っている次第です。皆さんも、自分の親や祖先の墓等が「心霊スポット」にされ、肝試しの対象にされ、ゴミを撒き散らかされていたら良い気分では無いと思うので、このような**「御嶽」には入らないで下さいね**。

マジ怖！

✉まろさん

私の弟は、とあるところでアルバイトをしています。そこは「出る!!」と有名な場所です。弟は最近から霊を見るようになってしまい、いつも店内では霊が歩き回ったり、ラップ音がしたりと、怖い思いをしています（弟は見えないふり、気づかないふりをしています）。

ためしに玄関に盛り塩をさせてみました。すると効果なく、今度はサン（魔除け）を持たせたところこれが効き目あったようです!! でも、霊達に「この店には見えるやつがいる!!」と気づかれたらしく、以前にもましてちょっと凶暴になった霊達が**店の前でガラスにへばりついて鼻息荒く、店を睨んでいる**んだそうです。聞いてるとホラー映画のようです。どうしたらいいのでしょう？

✉リーホックさん

友達から聞いた話なんですけど、あるカップルが夜の末吉公園をデートしていた時、公園の中でおじさん達が賑やかに飲み会をしてたそうです。それを見た彼氏が彼女に、その飲み会に参加しようといいました。で、近寄って行くと、彼女の方が急に立ち止まり「やっぱり行くのはやめよう」と言い出しました。「なんでよ～」と彼氏が言うと、「あの人達は拍手の仕方がヘン！」と彼女。

彼氏がよく見ると、その人達は**手の甲を合わせて拍手**をしているのです。あせった彼氏はその人達の近くまで走り寄ると、そこに人の姿は無く酒瓶だけが残っていたそうです。さらに聞いたところによると、死んだ人は合掌することができないから、手の甲と甲を合わせて拍手するそうです。自分は初めてこれを聞いた時はあんまり恐くなかったけど、実際にこの拍手をしてみろと言われてやってみた時にゾクっとしました。これを見た人もまずはやってみてください。実験の価値？　有り！

✉ミニラさん

私が大学生の頃だったのですが、女友達2人（R子、S子）と男友達1人（Y君）、計4人でカラオケに入りました。1時間ぐらい経過したのか、友達（R子）が「ちょっと寒いね」と言い始めました。するとS子が「ひっ!!」って叫び、「今あたしの足元を**猫が通って**廊下へ走ってった」というのです。と同時に男の子が「向こうの窓から人がちらちら見てるんだよね」と言い始めました。小さな窓というのは個室の屋根の高さの位置にあるちいさな窓なのですが、人が窓を覗ける位置に面していないため、覗けるはずがありません。歌いながらみなで気を紛らわし、Y君の歌う番になりました。1フレーズが流れた後だったか、窓を気にするようになったS子さんは少し体を縮めていました。

そのときです。

「わっっ!!!」

とマイクからどすの利いた男の人の声が友達の声に上乗せして聞こえたのです。彼も歌うのを止め、みんながいっせいに静まり返りました。もうひとつのマイクは電源も切れ、テーブルの上におかれており、また1階の個室は私たち以外、誰も使用していなかったのです。それなのにマイクから入った声が部屋中に広がり、みんなは恐怖に見舞われました。

✉スヌーピーさん

私が中学生の頃、友達になったばかりの子のお家に遊びに行く事になりました。家には私と友達と、友達のお母さんの3人だけでした。友達に「今、お母さんお風呂に入っているから、遠慮しないでいいからね♪」と言われ、部屋に案内されました。

部屋に入ると、友達が1階に飲み物を取りに行ってくるといい、私を1人部屋に残して行きました。ふと、部屋のドアが閉まっていない事に気付き、閉めようとした時に、お風呂のドアが開き、私は「お母さんが出てくるんだ」と思いました。友達のお母さんの部屋は一番奥で……私がいる部屋を通らないと部屋には行けません。私は、ちゃんとあいさつをしなきゃと心で思ってドアを見ました。

すると……**水が髪から垂れ流れていて、**顔は髪の毛で見えなく、タオルを巻いてずっと私の方を見て立っていました。ビックリした私は、自分に落ち着くように言い聞かせ、自分でも聞こえるか聞こえないかの声であいさつをしました。お母さんは無表情のまま、自分の奥の部屋に入っていきました。

それから1分後、やっとの事で友達が部屋に戻ってきて、今まであった事を全て話しました。話が終わって、友達と一緒にお母さんが立っていた所を見ると……**床がびしょぬれ!!** そのとき、お母さんがお風呂場から出てきました!!!

友達のお母さんは、今さっきとは違う姿で、ちゃんと服を着て笑顔であいさつをして、自分の部屋に入って行きました。ビックリしている私に、友達がたまに1人で部屋にいるとき……よく私が見たのを見ると言っていました。それ以来、お家には遊びに行っていません。

【リアルゆーれいスポット体験記　その4】

チャイナタウン……中城にある廃墟ビル。かつて映画のロケ地にも使われたという。

✉たっか~さん

高校の時にカップル同士3、4組でチャイナタウンに行った時に、彼女を「脅かしてやろう」と思い一人先に行って廃墟ビルの中に隠れてた時に後ろから石が飛んできました。「誰かいるば~？出て来い！」と言った途端に「え~……帰れ！」と声が聞こえてきました。

ゾッとする声の方に進んでいくと何と！**そこにホームレスのおジィ〜**がいました。「帰れ！眠れん!!」自分は「ごめんね〜。おジィ〜」と謝ってその場をやり過ごしました。笑。

廃墟ビルの建物から下の方に行く道を下ると、プール？らしき物があります。そこで写真を取り後日、現像写真を取りに行くとなんと！……**ちいさな女の子が写ってる**ではありませんか!!自分は初めてだったのでかなりビックリしました。知り合いのユタのおバァーに見せると……「やったーに助けを求めてるよ！まだそこが繁盛してる頃ここで誤ってこの子はプールの排水溝に髪の毛を詰まらせ死んだ子だよ……かわいそうにね」。

それから、数年後……「アンビリ○ボー」と言うテレビでその場所を撮影&説明をしてました。ユタのおバァーが言ってた事とまったく！同じような事を言ってました。

✉みさきさん

中城の元ホテルの廃墟ビル……。中には入らず外の道を歩いただけですが……何かいそうですよね……。ところでそのホテル、色々なうわさを聞いたのですが、どれが本当なのでしょう？
1、海洋博とあわせて営業したものの、子供がプールで亡くなり、たたってだめになった。
2、1と同じく、子供がプールで亡くなり、その管理能力が問われてだめになった。
3、建設中のプールで子供が亡くなり、それがたたって建設も取り壊しもできない。
4、建設中だったもののバブル崩壊で営業者の資金が尽きてほったらかし。
2と4は現実的ですが。一度営業していたという人もいれば、建設途中で終わったとも聞きます。どちらにしても、夜行くのは怖いですねえ……。

✉ハチっぷさん

かの有名なチャイナタウンについてなんですけど、霊感が強い友達から聞いたところによると、あの建物がある「山」自体がいわゆる**「霊山」**、神聖な山らしく、そこにドカンとあんな巨大な施設を作ろうとすれば、うまくいくわけがない……というのがそういう人たちの間では通説だそうです。そこのふもとにある有名なお寺があるのも偶然ではなく、その山に「結界」をはる役割でそこにあるとか。あと頂上付近にある世界的な城趾も、意図的にそこに建てられた……とか。

どうもそこに限らず「お寺」がある所というのは、なにかしらの霊的な場所が多いそうで、霊的な力を抑える、**制御するために置かれている**のがほとんどだそうです。やはりどうしてもヘンなモノも集まってくるそうで、その周りの暗いじめじめした所や、人の欲や念が残ったところは、いわゆる「スポット」になりやすいそうです……なんかミョ～にナットクできません？

✉yoyoさん

中城村にあるチャイナタウンに4年ほど前に友達と4人で遊びに行ったときのこと。チャイナタウンに向かうときは必ず悪いことが起きるというジンクスがあるらしいんですが、実際私達も経験しました。その日は何も怖いこと、悪いことは起きなかったんですが、数日後警察から連絡が来て

「これは君だね」と写真を出してきて元彼を訪ねてきました。実は、元彼はチャイナタウンに向かうときに運転していて140キロも出していたのです。その写真はスピード探知機（？）で撮られた写真でした。よって、彼は**免停になった挙句、7万円も罰金**を払う羽目になりました（自業自得です）。

✉はなさん

中城の廃墟、数年前に、仲の良い友達（男の2人、女2人）で興味本位で夜中に侵入したんです。建物が見えてきたところに、道が左右に分かれていて私達は真っ直ぐ進むことにしました。すると、建物側に生えている草むらから**ガサガサ**音が立ち、びっくりした私達は固まって立ち止まりました。すると覆面をした男性が飛び出してきたんです。しかも、**その手にはナイフが……**。

びっくりした友達2人（男と女）はその場から一目散に逃げました。しかし、先頭を歩いていた私と友達（男）は出口を覆面男に阻まれて逃げられませんでした。ナイフをゆらゆらと振りながらこっちに近づいてきて私達は後ずさりしながら建物の奥へと進むしかありませんでした。覆面の男は、外国人だと思われます。ゆっくりこちらに歩きながら、ぶつぶつと独り言が聞こえるのですがそれが英語なのです。友達は「チョット待て、ちょっと待て」と話そうとするのですが聞く耳持たずでナイフを離しません。

友達が思わず「わったー、やられるあんに？」

男＝殺される

女＝レイプ＋殺される

のセリフに、私は涙が止まりませんでした。

そこからの記憶があまり残っていませんが、外国人が突然建物の中に入っていったのでその隙に**ダッシュで逃げました。**道は砂利道。軽いヒールの靴を履いていた私は、裸足になって逃げました。出口までが長くて足の裏は痛いし、でも止まることが出来ずひたすら走り続けました。やっと駐車場につきましたが、乗り越えなければならない門があり力が尽き果てて登りされません。先に逃げた友達が門の向こう側にいて助けてくれましたが女友達の方は大泣きで「ごめんね」を繰り返してました。

それから私は1週間ほど家を出られず、**恐怖で眠れない日々を過ごしました。**遊び半分だったとはいえ、身の程知らずというか、若さゆえの軽率な行動に後悔してもキリがありませんでした。幽霊ではなく、本物の犯罪に巻き込まれそうになるなんて誰も想像できないことでしょう。廃虚だからといって、誰もいない……と思うのは間違いです。あのように、イタズラ目的で潜んでいる生きた人間もいるのです。

幽霊以上の恐怖体験に、私達の間ではこの話は禁句になっています。「絶対大丈夫」と思って、心霊スポットに出向くのであれば自己責任をしっかり理解して出かけてください。何に巻き込まれるか、分かりません。**くれぐれも注意してください。**

家が怖い

✉ヒソカさん

いつからか、家に時間を問わず同じ**電話**がかかるようになりました。おばーさんの声で「うま、あきれ!! うま、あきれ!!」。意味は「ココを開けれー」みたいな……。「どちら様ですか?」「どちらにおかけですか?」と聞いても同じ言葉を繰り返すばかりで恐怖以外の何ものでもないです。これが、夜中でも朝でも昼でもかかるんです……電話恐怖症です。引っ越そうと決意しその日まで友達の家に泊めてもらってました。

ある日、着替えを取りに行ったら、やっぱり電話が……友達も一緒だったし昼間だったので強気で取ったら、「いったーの○○や、まーんかいいっちょーが? **ぐそーな?**」と……心臓を針で突かれたような痛みが走り、本当に恐怖を感じました。○○とは私の身内の事でもう亡くなってます。「ぐそー」って確か「あの世」みたいな意味ですよね。でも私が恐怖を感じたのはそこじゃなく、○○の部分なんです。○○とは私達兄弟がつけたあだ名で私達兄弟しか知らないハズなんです。

✉阿麻和利さん

私は沖縄出身で今は大阪に住んでいます。大阪に出てきてからというもの時々不思議な現象に遭遇することがあります。私の部屋は8畳一間なんですが時々ベットで寝ていると、玄関の取っ手をしきりにガチャガチャとまるで無理やり扉を開けようとしているような音がします。

最初は誰かの悪質な悪戯だと思って無視していたんですが、やがてその音がピタッとやんだかと思うと次に扉の隙間からバールで玄関チェーンを**ガチャン！ ガチャン！**と切断しようとするんです。私は怖くなってきてベッドの中で震えているとしばらくして音が収まり静かになりました。

そしてホッとしていると、一人の男性が部屋の中に入ってきました。その男性は私のベットを通り過ぎて部屋の端の方まで進むとしゃがみこんでまるで何かを探しているようです。しばらくして男性は探し物が見つからなかったのか再び私のベットを通りすぎて玄関から出て行きました。少したったあと私は不安になりベッドから起き上がって玄関を確認すると不思議なことに玄関にはしっかりと鍵がかかっていました。その不思議な現象は1年くらい前まで頻繁にありました。

バルタンさん

以前住んでいたアパートで最初、変な臭いが頻繁にしたときも「何か原因」があって臭っているんだと思っていました。変な夢を見始めて眠れない日々が続いたときも「ストレス」が原因だと思っていました。

頻繁に見たのは男の人の夢でした。ある日「どうして話を聞いてくれないんだ」と足に縋るので遂にわたしは「分かったから、もうやめて！」と叫んでしまった。その途端に、女の人が壁から出てきてスゴイ形相でクビを締めた（もうわけ分からん）。

友人に話して友人の母で霊感の強い人に来てもらって見てもらうと、やっぱりいるとのこと。とりあえずお祓いを……ってなことになってお祓いをした。話を聞いてみると、私は**取り殺される寸前だったらしい**……怖！

ところが翌日もっと酷いことに。わたしの記憶が飛び始めたのです。自分では意識のない状態が何時間か存在するのよ。夫曰く、トイレで突然吐き出して、のた打ち回って暴れたとか、とにかく、触らないで、来ないでと何かを追い払っていたとか……。しかも、お祓いしたはずの女の人の霊が**「負けないわよ」**とその友人の母の前に現れたそうです。最初の原因は男の人の霊が私を自分の恋人だと思い込んだことにはじまり、何だか通り道だったらしく、近くの海で死んだ女の人まで呼び寄せてしまったらしい。結局、私たちは引っ越しました。

✉島ナイチャーさん

25年近く前、ある島にあった会社の寮に住んでいた時の話です。私は、104号室に入居していました。6畳一間の1人部屋ですが、窓の外は山林になって寮の周囲に民家はありませんでした。

4年目のある日の夜中、胸が苦しくて目が覚めたのです。身体の自由が利きません。金縛り状態に陥っていました。そして、私の胸の上に大きな天井までもありそうな**老婆の顔**がのってカーッと眼を見開いて私を見ていたのでした。髪の毛はものすごく長く部屋中を渦巻いていました。顔は半分透き通っていて部屋の隅に置いていた電光掲示式のデジタル時計の時刻が確認できました。その時の時刻が**3時30分ごろ**でした。しばらくするとフーッと金縛りが解けて身体の自由が戻りました。そして目を明けると老婆の顔は消えていました。

それから18年以上も過ぎた今、意外な事実を知ることになったのです。私が寮を退去して数年が過ぎたころ、後輩が104号室に入居したのです。その間、空き部屋になっていました。最近、この後輩と職場が一緒になりました。彼が私の後104号室に入居したと聞き、当時の寮の話になりました。彼は、その方面に非常に敏感な感覚の持ち主でした。そして、104号室での体験を語りはじめたのです。

彼の体験では、山林から子供を連れた老婆が度々窓越しに部屋の中を窺っているのが見えたと言っています。その老婆は時々部屋の中まで侵入してきて、胸の上で大きな顔をして睨み付けていたそうです。髪の毛は**部屋中に渦を巻いていた**と言います。その後も彼は度々老婆が出てきたので寮の部屋を無理やり退去したのです。そうです、私が夢だと思っていた、あの老婆と後輩も会っていたのです。あれは夢なんかではなかったのかもしれません。

✉totoroさん

小さな2階建てのアパートの一室。ここに私の会社の社員が住んでおりました。ある晩、ここで友人と二人で酒を飲みながら談笑していたのですが、友人がトイレへと席を立ち戻ったところ、それは現れていたのです。TVの側で画面を見つめる相棒の側に、見知らぬ女性がひとり。「こいつ女も呼んだんだ、気がきく奴じゃ」と、近づきかけたとき、異変に気付いたのです。

この女の人は、傍らの相棒に向かって、一生懸命話しかけているのに、相棒は知らんふり。声まで聞こえるものだから、何を無視しているんだ、こいつ、と思い、「おい、なんで女の子が話しかけているのに無視するば～」と相棒に伝えたところ、「えっ、誰も呼んでないよ、おまえの他に誰がいる？」。

その時です、話しかけていた女性が振り向いたのは。長めの髪の間から見えた白い顔が、**にや～っ**（おおっ！）と笑ったのです。腰を抜かしそうになった相棒は、「おまえの側に女がいるだろう！」と叫んだところ、この女性が、すーっと立ち上がり、笑いながら近づいてきた（おおおっ！）そうなのです。「おまえの側に女が立っている！」と叫びながら、草履も履かず外に飛び出し、叫びながら大通りまで駆け出したとのこと。その後ろからは、部屋の主である相棒も一緒に。そのまま二人でタクシーに飛び乗り、２日間、戻らなかったそうなのです（仕事にはちゃんと来ました）。

後日、もの知り（ユタ？）のおっしゃるには、**「その部屋には、道が通じている」**とのこと。当然、引っ越ししたのは言うまでもありません。笑う幽霊って、危ないと聞いたのですが、そうなんですかね。

Kちゃんさん

私の友達の家の中で起こった不思議な体験話なのですが、家で寝てたときにふと目が覚め、壁側を見たときに、**ブッシュマン**が杖を持ってずっとこちらを向きながら見ていたそうです。そのブッシュマンの横にはたくさんの動物と（ぞう・ライオン・キリン・サイ・等）後ろは砂漠が広がっていたそうです。

ここは私の家の壁のはずなのに、なんでブッシュマン？と思ったそうですが、今にも自分をつれていきそうな感じがしてすごく恐かったので寝返りをうって目をつぶったそうです。でも彼女は未だに鮮明にこの事をを覚えてて真剣に話をしてくれました。聞いてる私も鳥肌がたってしまい、すごい世界をみてしまったんだと思いました。私もこういう体験してみたいです。でも最近ブッシュマンが亡くなってしまったという情報を聞きその子は悲しんでいました。

✉Mikeyさん

最近、ドイツ出身のアメリカ人（軍人さん）から聞いたお話です。彼は、12歳でアメリカに移住したようですが、まだ、ドイツに住んでいた幼い頃に体験した話だそうです。

彼の家族が住んでいたアパートは、とても古い建物だったそうで、幼い頃から霊感の強かった彼は、何度か不思議な夢を見たり、体験をしたそうです。ある夜、彼が寝ているととてもリアルな夢を見てしまいました。

「前から、僕の家のバスタブが嫌いで、風呂に入る事が嫌いだった。でも、ある夢でその理由が分かってしまった……夢のなかで、男性二人が言い争いをしていて、そのうちの一人がバスルームに逃げ込んだ。でも、もう一人が、**刃物を持って追いかけてきて、男を滅多刺し**にして殺してしまった。バスルームは血まみれになって、特にバスタブは血の海になってしまって……でも、僕はその殺された人と、殺した人の顔をはっきり覚えてるんだ。不思議に思って、この部屋で殺人事件は無かったか調べたら、第二次世界大戦直後に、この部屋で未解決の殺人事件が起きてたんだ。僕は、その一部始終を**夢で『見せられて』しまった**ようだ……」
との事でした。

他にも、彼が小学生の時、2、3歳年下の従弟が遊びに来てて、放課後に屋外プールに遊びに行く約束をしたそうです。でも、その従弟は、彼の学校からの帰りを待ちきれなくなり、彼の母親に頼み込んで、先にプールに行ってしまいました。と、突然彼は、授業中に顔面蒼白になり、息が出来なくなって倒れてしまったそうです。倒れた時のことは覚えてないようなんですが、彼は呼吸してなく、心肺停止状態が数分間続いたそうです。数分後、彼はナント教室内で、**大量の水を吐き出し**て意識を回復したそうです。ちょうど同じ時間帯に、彼の従弟がプールで溺れていたと、学校から帰って聞かされ、背筋がゾクゾクした、と話してくれました。

金縛り

✉ボブさん

私は、金縛りにかかるプロって言っていいほど、しょっちゅう金縛りに遭います。あれは高校生のときでした。深夜も2時をまわり、寝床に入ってすぐでした。うとうとしかけた瞬間！ 私の体が動かないのです。私は怖くて目を絶対開けないようふんばっていました。すると、耳元で誰かが話してるのが聞こえてくるのです。しかも「ささやき」ではなく何か作業をしてるかのような「おっさん」の声で……。「おい！ はやくはしらんかい！ 目さめるぞ！」とか「わかってる！」とか、明らかに一時期話題になった**ちっちゃいおっさん**がしゃべってるではないですか。それを聞いて目を開けよう開けようしたんですが、目がなかなか開かず、そうこうしているうちに金縛りが解け、何事もなかったように辺りはシーンとしていました。

✉トントンさん

今年3月、恩納村の某有名リゾートホテルに泊まったときのこと。夫が夜中にうなされて起きました。窓（海側）の方から何かがやってきてベッドサイドにぺたんと座ったと同時に金縛りが始まったそうです。座っているのは女の子に見えたようです。それはだんだん夫を覗き込むようにして大きくベッドに身を乗り出してきたので、息苦しいのと怖いのとで、えいっとばかりに腕を動かし、そいつを振り払ったそうです。すると、自分の手の甲に**「顔、しかも口に当たった歯の感触」**がはっきりと残ったということ。朝起きても、その歯の感触と痛みはずっと手の甲に残っていたそうです。

✉**ないあさん**

つい先日の朝の出来事なのですが、私はちょっと右よりの仰向けで寝ていて、あっそろそろ目が覚めそうだなって思った瞬間、左腕が肩の方からナニカに掴まれてる（抑えられてる？）感じがして、何!?って、右に体を向けようとしてもできないし、目を開けようとしても開けられないんです！かなり焦っていると、**「はなしを～……きい……」**って、多分女の人の声が聞こえたんです。でも、「きい……」までで、すぐ目が開き、そのとたん左腕の方も自由になりました。今考えても、こんな事は初めてだったので、すっっごいコワイんですけど、半分寝ていた状態で、なんかいかにもって感じだし、ただの夢だったのかな～っても思います。

✉**いちごさん**

ある夜中にうとうとしている時に急に金縛りにあいました。そのときの金縛りは十数本の手に同時に体中をいやらしく撫で回されるという奴で、金縛りの恐怖より生理的嫌悪の方が何十倍も強くて、気持ち悪かったです。思わず、思いつくだけの悪口を頭の中で相手（幽霊？）に向かって叫び続けたら、スーと金縛りが解けました。**痴漢じみた金縛りには暴言がすっごく有効です**。もし、同じような金縛りに悩んでいる人がいたらやってみてください。

✉ジーノさん

私は小学校高学年頃から高校生くらいまで頻繁に金縛りにあいました。中学の後半くらいからは、金縛り楽しんでましたね。「来るぞ、来るぞ」っていうのもわかるし、金縛りを解く方法も完全にマスターしていました。

指先、足先に意識を集中し、チョコチョコ動かそうとしていると、簡単に解除できるんですよ。その後、身体全体が動くようになれば、うつぶせに寝るんです。これでオッケーですよ。金縛りに悩まされている皆さん、是非おためしあれ！　でも、ホント最近はま～ったく金縛りにあいません。ちょっと、さみしいです……。それでも1年に1度あったりして、**「おっ、ひさしぶりぃ～」**という気持ちになります。

✉ともさん

実は金縛りは科学的に説明されています。専門用語では「入眠時幻覚」といいます。通常、人は「レム睡眠」と「ノンレム睡眠」を繰り返します。「レム睡眠」は「脳」だけ覚醒した状態で、その際「夢」を観ます。通常寝てるときは、90分ごとに「ノンレム睡眠」と「レム睡眠」を交互に繰り返します。

ところが、寝入りばなに「レム睡眠」をする場合があります。その際、寝る前の情景がリアルにでてきて、その状態から夢を観ます。その時にいろいろな幻覚（誰かがのしかかる。体がういている等）を観る場合があるようです。要するに夢を観ているのです。だから金縛りは怖いと思えば思うほど、怖い思いするのです。逆にいうと、夢なので、何でも夢がかないます。だから金縛りと思ったら、自分はなんでもできるスーパーマンと思えば怖くならないと思いますよ。私は好きな芸能人を呼び出したことがあります。ただし、これが頻発する人は「ナルコレプシー」という病気にかかりやすいみたいなので、注意です。

【リアルゆーれいスポット体験記　その5】

北中城の幽霊屋敷

✉ヒソカさん

北中城に幽霊屋敷と言われている家があります。その家には、女の人の幽霊目撃談があり、今までに何度も持ち主が代わっています。現在そこには人が住んでいるんですが、実は今住んでいるという住人が私の知ってるおじさんなんです……。私も高校の時にみんなで面白半分で行った事があった場所だっただけに、聞いた時はもうビックリ!! すぐに、「どんな？ 出る？」と思わず聞いてしまいました。

おじさんは、**「出るよ！」**と言い、私は「ウソ！ どんな霊？」と聞くと、おじさんは「女の霊」と言いました。「怖くない？ 何かする？」と興奮気味に聞く私におじさんは「うん、夜中出てきて足くすぐられた」……？ 目が点になっている私に「アハハハ」とおじさん！ **「出る訳ないさー」**との一言。おじさんは「遊びに来たらいいさー」と気軽に言ってましたが、行きたいような……行きたくないような……行きたいような……。幽霊屋敷だという事も知ってて借りた、とも聞いてビックリ!! あのおじさんが、いつまでそこに住むつもりなのか分かりませんが、今は住人がいて空家ではナイので、面白半分で行って迷惑かけないでくださいね！

✉ベースボール・ジャンキーさん

ヒソカさんのおじさんの家になった幽霊屋敷の話で思い出した事が一つ。職場の人から聞いた話ですが、一時期**仁義なき方々**が借りて博打の会場にしていたそうです。しかし幽霊を目撃する人が後を絶たず、怖くなって引き払ったそうです。

✉ヒソカさん

北中城の家ですが、私もその「ヤクザ」の話聞いた事があります。あの家って本当に何回も主が変わっているんですよね～！ 外国人さんも一時期借りていた事があったようですが、夜な夜な出てくる日本人の幽霊に怖がり手放した、という話も聞いた事あります。やっぱり、信じてない人には見えないものなのでしょうか？ ああいう家に知らずに住んだ人とか原因不明の体調不良とかになったり……とかよく聞きませんか？ でも、おじさんは元気でピンピンしてます（笑）。まぁ～！多少変わってるな!! っと思う所もあるようですが、普通の方ですよ～！ あの家、本当は幽霊とかいないんでしょうか？ それとも今回は**幽霊の方が逃げ出した**のでしょうか……？ それとも、思いっきり無視されているのかな……？ 一度遊びに行ってみたい気もしますが、私も霊感など全くナイなので行ってもおじさんと一緒で何も見えないかもしれませんね！

ゆーれいの臭い

✉ウルフさん

5～6年ほど前に識名霊園の近くのアパートに住んでいたときのことです。見えないとはいっても、やはり今思うと夜は圧力を感じるような部屋でした。

ある夜、午前2時前後だったと思います。何匹かの野犬が一斉に吠えだしたのです。そして、吠える前か後か覚えてないのですが、**異臭がしたのです**。一人暮らしでもちろん窓もしまっています。その臭いというのが、嗅いだ事のない変な臭いなのです。どんなに記憶を手繰っても知らない臭いで、生ごみでもなく、動物の死体のでもなく、おならでもなく。説明できない臭いが2～3分続き、いつのまにか野犬も静かになっていました

✉ totoroさん

某コンビニ……結構明るくて、場所もいいのになぜか、どんよりとした雰囲気が漂う店でした。夜中の12時過ぎだったかと思います、彼女とドライブの途中、トイレを貸していただこうと、この店に入りました。彼女から先に入っていったのですが、しばらくすると青い顔をして出てきたのです。何か言いたげな彼女に会釈しながらそこのトイレに入ったのです。そこのドアを閉めたとたん、**上から見られているような圧迫感**とともに、あの臭いが全身を包んだのです。あの臭いは、まさに**死臭**というものでした。

照明さえつかないこのトイレの天井はとても高く、外の看板の明かりがほのかに差しこむだけでした。心の中で、「上を見ちゃダメだ」と声が聞こえ、悪寒が走り飛び出し、青い顔をした彼女と外に逃げ出しました。私は全くその筋のものは見えないのですが、見えない者に、あれだけ強く感じさせる何かが、そこには存在していたのです。あの臭い、全く死臭そのものだったのです。面白半分で探索はしないでください、**あの臭いは、この世のものではありませんから……。**触れるなという、闇の世界からのメッセージなのかもしれません。

✉ほんげさん

先日彼女と家でテレビを見ていたら、なにやら生ごみのようななんともいえない臭いが……。「何だこの臭いは?」と、臭いの元を探しても見つかりません。ベランダ側の窓が開いていたのですが、外からの臭いでもありません。部屋をうろうろしていたら、彼女が「この辺で臭う」と、部屋の隅で言いました。でも近くには何もありません。「おかしいなー」と言いながら、自分が**タバコ**を吸い始めたところ、消えるように臭いがなくなりました。それもいきなりです。最初から窓は開いていたので、風通しの問題ではありません。タバコ程度で消せるような臭いでもなかったはず。しかも吸い始めたばかりで……。臭いを発していた「何か」はタバコが嫌いだったかもしれませんね。

✉あきさみ代さん

A君の部屋にB君が遊びに行ったとき、霊感の強いB君はとてつもない異臭に襲われたそうです。「えー! なんか臭うあんに?」B君はA君に聞いてみたけどA君はなにも臭わなかったので、「マジ? じゃあ窓開けような~」といい窓を開けました。しばらくの間、テレビゲームをしていましたが異臭はずっとしていたそうです。窓からは冷たい風が入ってくるわ、くさいわで、だんだん気分の悪くなったB君はA君に「外で遊ぼうぜ」と言いました。「いいぜ、外行こう」と答えたA君は、ジャンパーを取ろうとクローゼットを開けた瞬間! **クローゼットに体育座りをした人がこっちを見上げていたそうです……**。

【リアルゆーれいスポット体験記　その6】

VF……浦添市の某ラジオ局近くの、元ダンスホールとのうわさがある建物

✉Mikeyさん

中学卒業の時（もう十数年も前）に卒業記念に、友達5、6人で、VFへ肝試しに行きました。ちょうど駐車場の入り口、VFの建物自体がやっと見えてきたところで、僕は異様な雰囲気を感じてました。建物に近づくにつれ、噂の黒人さんの居る入り口などが、ハッキリと見えてきました。他の友達はワイワイ騒ぎながら建物に近づいて行きました……。

が、その中に僕同様、足取りが重くなってる一人の友達に気がつきました。「やぁー、大丈夫か？」と僕が尋ねると、友達は、「えー、あっちの窓の方に何か、**白いのが立ってないか？**」と言いました。

その窓というのは、2階の建物のちょうど真ん中あたりにある窓でした。実は、僕にもその〝白い〟ものがボンヤリと見えてて、何だか**手招きをしてる**様に感じました。僕達、二人には〝白い者〟が、女性であるという事まで分かっていました。他の友達は、お構いなしに建物の中に入って行ったんですが、僕とその友達は、ずっと、〝白い者〟の視線と誘いに耐えながら皆が建物から出てくるのを、待ってました。

✉ベースボール・ジャンキーさん

うちの職場の人に過去にVFに肝試しに行った人が居ます。と、ここまではよくある話ですが、キャンプに来ていた某プロ野球選手と一緒に行ったそうです。当時、春季キャンプを行っていた某チームの捕手と某投手の4人でVFに肝試しに行きました。

何もなかったので帰ろうと思い横一列になって歩いていました。誰かが月明かりに照らされた影を見ると……何と**影が5つ**あるではないか!! それを知った一同は一目散にVFから出ました。

某捕手は半泣きだったそうです。

【リアルゆーれいスポット体験記 その7】

森川公園……宜野湾市、パイプライン通り近くの霊山

✉Mickyさん

大山貝塚のある森川公園には、ヤバイ人がいるらしいんですよ。あるカップルがドライブで森川公園に行ったときのこと。彼氏が彼女をひとり残してトイレに行ったとか。でもいつまでたっても彼氏は戻ってこなかったから、彼女が不安になっていると、コンコンとされたらしく、びっくりして見ると警察の人だったとか。彼女は警察の人に、「運転席に移って運転して。私達が誘導するからついてきなさい。でも、**後ろを見たらダメだよ**」みたいなことを言われたとか。そして、彼女は仕方なく運転席に移ってついていったって。でも、残していった彼氏のことが気にかかり、

バックミラーで後ろをみたそうです。すると、**鎌をもった男**が笑いながら彼氏の首を振り回していたそうです。

✉エリっこさん

私が聞いた話ですが、けっこう夜おそくに、あるカップルが森川公園に行ったそうです。それで、もう夜おそいからそろそろ帰ろうとしたけど、彼氏がトイレにいきたいと言ったから彼女だけ車に戻ったそうです。でも何分たっても彼氏が戻ってこなくて彼女が心配しているところに、一人の警察がきたそうです。

彼女は、なにかな？と思って、車の窓を少しあけたら警察が、「何してるんですか？」と聞いてきて、彼女は「彼氏を待ってるんです。」と言ったらその警察は、**「こんなひとでしたか？」**といい、彼氏がどんな格好をしていたとか、こんな顔をしていたとか、ずばりその通りに彼氏のことを言ったそうです。それで彼女もちょっと安心して、警察の所を見ると、なにか右腕をずっとまわしていて、彼女は何かな？と思って警察の右腕をみると、なんと、**彼氏の首から上を持って**ずっと回していたそうです……。

旧盆の話

✉玉ちゃんさん

9年ほど前の夏に4人ほどの友人と一緒に慶良間に2泊の予定で遊びに行きました。1日目は綺麗な海を満喫したのですが、2日目に、実家から「お盆なんだから、遊びまわってないで、家に居ろ」と電話で言われて、しぶしぶ一人だけ先に本島に戻りました。次の日、港に友人を迎えに港まで行くと、その中の一人が不思議な体験をしたと話し始めました。

船の時間までしばらくあったので、4人で泳ぎに行ったそうです。遠浅の海を4人バラけて沖に向かって歩いていると、そのうちの一人が足に何か触ったというか、サッとなでられた感触があって、後ろを見ても、他の3人はそれぞれ離れているので、なおも泳いでいると、今度は後ろから「オイッ！」と、呼ぶ声が。声はかなり近くて、少し怖くなったその友人は、皆の所に急いで合流したそうです。

そこまで話をして僕は、今日が、**お盆の「お迎え（ウンケー）」**だったのを思い出しました。友達に「そう言えば、今日はウンケーの日で、亡くなった霊が帰って来る日だから、地元の人間は、『海に入ったらいけないよー』って昔から言われてるよ」といったとたんに、恐怖心がよみがえったようで、車の中が、一瞬シーンとなってしまいました。

でも、何で4人のうち一人だけが、そんな体験をしたのか不思議だったのですが、色々と考えてみて一つだけ、他の3人と違う点が……**彼一人だけ、母親が沖縄出身なんです。**彼自身は、関東で生まれ育ったらしいのですが……。5人で、「うーん」とクビをひねる不思議な出来事でした。

✉**大城さん**

実は私はk察○です。2年位前のお盆の5日前の話ですが、溺れた少年が病院に搬送されたとの通報を受けて、那覇の○○病院に行きました。幸いな事に溺れた少年の命に別状はありませんでした。

私と上司の二人で少年から溺れた経緯を聞くと、その少年は「僕は泳ぎは得意なんだけど、今日は、何でこうなったよくわからない。実は泳いでいると、突然**何かに足を引っ張られ**、体を海中に引っ張られたんです。僕は泳ぎには自信があるので、足を引っ張られながらも必死に岸に向かって泳ぎ、なんとか溺れることなく岸に着いて岸に上がったのです。しかし、けっこう海水を飲んだので、体力が消耗しており、岸に上がった僕はそのまま起き上がることができなかったので、近くに居た人がそんな僕を見てびっくりして救急車を呼んだのです」と説明しました。

すると上司がその少年に「お盆前の一週間は、海で泳ぐなと、親から聞いたことがあるだろう。昔から言われていることは**『何かある』**からそのように言われてるいるんだ。迷信だと思っていると、**大変なことになる**ぞ」と言って説教をしました。

✉ユッケさん

去年のお盆の時の話。国道329号線を運転中だったんですけど、隣の車線を走っている車がすごく気になってたんです。変な運転するし。信号待ちで偶然隣になりました。中にはおじーとおばーが乗ってました。「おじーか……」。妙に納得。

そのままじーっと見てたら、その車の窓の外から顔だけすーっと歩いていったんです。女の人でした。すぐ近くにいたはずのおばーも気づいていなかった様子。あきらかに大人だったので、普通**乗用車の窓の位置に顔がくるはずがないんです**。しかも国道だし。慌てて周りを探しましたが、すでにいませんでした。全然怖くなかったんですが……。

今思うとあれはお盆で家に帰る途中の方だったかも。その時のお盆の三日間そういう感じで霊体験をしました。でも今年はなかった。良かったー！

犬が吠える

✉ピージャーマンさん

今年も盆が近づいてきましたねぇ〜。ここ最近になって、**となりの犬がやたら遠吠えする**んです。あれはたしか私の父が死んだときもそうだったなぁ…。初七日が終わるまで、毎日遠吠えしてたんですよね。初七日が終わると同時にピタッと、遠吠えもしなくなるんです。家族のみんなに言っても誰も信じてもらえません。でも、犬って霊とか見えるんでしょうか？

✉ **TMさん**

お盆になると犬は吠えるようですね。犬には見えているのではないでしょうか？ 毎年、お盆になると犬達が吠え出すのでうるさいですよね。私はお盆になると毎年高熱を出します。今年もこの時期がやってきた〜って感じです。理由はわからないのですが、毎年高熱を出して病院に行ってるんですよ。**うがんぶそくだと言われてますが……。**

✉ **海さん**

私の母と友達のお母さんが言っていたのですが、犬が遠吠えをする時は誰かが亡くなる時だそうです。それも、若い犬ではなく**年を取った犬**が遠吠えをするそうです。私の近所には犬が多く遠吠えが聞こえる日も多々ありました。

で、ある日母が「○○○さん家の犬が遠吠えが続くから気をつけなさい」といったのです。私は半信半疑でしたが、母の話では全部合っているのです。病気で亡くなった人、交通事故で亡くなった人、仕事中の事故で亡くなった人。「病気」とは限らない昨日まで元気だった人が……というパターンもあるから**車の運転には気をつけろ、**といわれました。

友達のお母さんの話は親しい親戚が亡くなった日に犬がやたらとほえていたとか。犬って不思議ですね。

✉テツさん

8年前のことですが、私たち家族は一匹の犬を飼っておりました。その犬は、口ひげをたらしており、おじいちゃんみたいだったので、「タンメー」（沖縄の方言でおじいちゃん）となづけ、かわいがっておりました。

ところが、ある日その犬は交通事故で死んでしまいました。突然のことでした。私は、ショックでその日は、食事ものどを通りませんでした。

その日の夜深夜2時を過ぎたころです。外から**「チリン、チリン」**と音がするではありませんか！　その音は、確かに、犬小屋のほうから聞こえるのです。犬は、チェーンでつないでいたので、犬が動くたびにチェーンが「チリン、チリン」と鳴っていたのですが、犬がいないのに音がするはずはありません。私は、その音を聞いて鳥肌が立ち、悲しみが一変、恐怖に変わりました。そして、私は、頭から布団をかぶり、必死に眠ろうと努力しました。しかし、その音は、一晩中鳴りつづけていました。

今、思えば、**その犬が、最後の挨拶にきたのだと思います**。それなのに怖がってしまって、とても後悔しています。

【リアルゆーれいスポット体験記　その８】

首里のこわい話

✉ jumpさん

今度学校の課題研究で**首里のゆーれいスポット**を調べることになりました。どなたかここはゆーれい出ます！　って方いればぜひぜひ教えていただきたいです！　正直ゆーれいいる派の自分はイヤっすけど……どなたかぜひ教えてくださいまし。

✉ りりぃさん

首里城の横の通り（金城町側）は出るそうです。書くのも怖いです……。バックミラーに人がうつるんだとか。あと、その通りに不自然に飛び出した？　大木があるのですが、その木は、道を広げる際に、切ろうとしたら泣いたとか。それで切るのを止めたそうです。あと、逆の道、県芸側の久慶門の横は、見る人が見ると、**兵隊さんの行進**が通り過ぎるそうです。私は見えない人なので、見たことないけど。怖いです、かなり。

✉ 杜若さん

私は生まれも育ちも首里育ち。幼い頃から変な能力が備わった私。その日、彼と近くの寿司屋で夕食を終え、芸大前から首里城を横切り、守礼門をくぐり歩いていました。が……。**私の足が誰かに捕まえられて**突然動けなくなりました。段々と遠くなっていく彼に声も掛けられず、う～っう～っ唸っているところに彼が振り向き「何してんだよ？」と聞くものの声が出せないので、手で足を捕まえられていることを伝えます。

「え～っ、足捕まえられてんの？」と不思議そうな顔で私の足を見つめたかと思うと、次の瞬間、思い切り私の手を引っ張りました。その反動で動けなかった私はゴロゴロと転んでやっとその呪縛？から解かれました。

「痛いだろ～っ!!」と怒る私に「足を捕まえられるってどんな感じ？」と興味深く聞く彼に腹が立ってプンプン帰った私なのでした。首里城近くの幽霊さんは**いたずら好き**のようです。

✉アナスタシアさん

私がまだ小学生の頃の体験です。首里城のすぐそばの学校に通っていた私は、遊ぶのもりゅうたん池などでした。その日もりゅうたん池の後ろにある、池の真ん中に家（?）がうかんでいるところで友達と3人で遊んでました。

すると、黒の喪服（スーツ）に黒のツバが広い帽子（レースのベールで顔がよく見えない）黒のストッキングに黒のヒールといういでたちの女性（30代くらいの背がたかくスラっとしている）が話しかけてきたのです。しかも夏の暑い日です。「おばちゃんも仲間にいれて」という内容だったと思います。ちょっとあやしがりながらも私達はお話をしましたが、とっても人なつっこくて**しつ**

こいぐらいに輪に入ってくるのです。

空が薄暗いのでもう帰るから……と言って私達はその女性から離れました。「気味悪いね」と話ながら**振り向くともうその女性がいない**のです。30秒もたっていなかったので「げえー！消えよったー！」と叫んで逃げました。

家に帰って母に話すと「神様だったのかね」って言ってましたが神様ってあんなにしつこいばーて思いました。それからしばらくして、池にいるアヒルの赤チャンを捕らえようとした私は、ママアヒルに追っかけられて池に落ちました。神様しつこいなんて言ってごめんなさい。そしてもう子アヒルを捕らえようなんて思いません。

それから15年以上たった今も、りゅうたん池を通るたびに「あんたズブ濡れで帰ってきたよねー。でもウツボと仲良しって言ってたから一緒に池に入れてよかったね」と家族から笑われています。

✉まろあねさん

最近妹と一緒に首里城を観光客気分で歩いていたら、金城町の石畳近くの大赤木の拝所があって、寄ってみることにしました。そこは厳かな空気があり、例えるならばトトロの森？みたいなカンジがするところでした。そこの大赤木の一つに大きい窪みがある一際大きな木があって、お願い事をすると**願いが叶う**と書いていたので、仕事上で抱えていた問題が解決するといいなと思ってお願いしたら、叶ったんです。絶対無理だと諦めていたのに。

良かったなーって思って数日過ぎた頃、夢であの木が出てきたんです。母に話すと「あんたお礼しに行っていないからさぁー。ちゃんとありがとう言いなさい」って言われたので今度は家族で行きました。うちの霊感弟がその森の岩の後ろでいまでも巫女さんが一生懸命拝んでいると言っていましたが、この拝所の隣には別のものがまつられていて、そこは下手に近づくと命取られるぐらいヤバイと言って逃げて帰りました。

同じ場所にありながら**表と裏がある不思議な場所**でしたよ。ちなみに旧の6月15日にお願いをするととてもいいと書いていましたよ。

亡くなる前に

✉ぴよさん

先週の土曜日の午前中、近所のおじいちゃんが杖をついて歩いていて、私は車ですれ違ったんです。おじいちゃん、歩くのがちょっと不自由だったので「歩けるようになったんだ」と思ったんです。

その日夜10時も過ぎた頃でした。ん？　告別式の看板があがってて、よく見るとそのおじいちゃん家で誰か亡くなったんだと思い、隣の実家に確認したら……朝見たおじいちゃんが亡くなってたんです。しかも、私が見かけた時間くらいに病院で……。うちの母は「どこに行くってだったのかねぇ？」と行き先が気になるようでしたが、私が見たときの顔は**生き生き？　していた**ので、自分でどこにでも行けるって散歩でもしてたんじゃないと話してます。

✉ピアノが弾けない　ピアノ・マンさん

死ぬ間際の人の姿を見かけるとの事ですがそれは**「イチマブイ」**（生霊）と言って、よく聞く話です。私は見たことありませんが……。イチマブイで気を付ける事は、決して見かけたイチマブイに**話しかけてはならない**そうです。うろ覚えなのですが、話しかけた方（目撃者）に災いが起きるって聞いた記憶があります。しかし話しかけなかったら何も問題ないそうです。でも大体の場合というか、私が聞いた中では「話しかけた」というのは皆無でしたので、出てくる方も会話されにくいシチュエーションを選んで出てきているみたいなので気を遣ってるのかもしれません。

✉きしだんさん

以前某古本屋でバイトしていた頃、お客さんの家に本の買取をしに行った時のことです。もう取り壊すという事で、家の物もほとんど無く、電気も通ってない状態で家に上がらせてもらい、買取査定を始めました。初めに2階の方から査定することになり、作業してると窓際でお婆さんが寂しそうに外を眺めていました。でも何か様子が変なんです。で、一緒に行ったバイトの子に「あまぁのおばー様子おかしくないか？」と聞くと**「は？　誰もいませんよ」**との返事。「いるだろ！」と言って窓際を見ると誰もいない。「ゆくしだろー」。

とりあえず2階の査定は終わり1階に降り、家の主に「1階の本はどちらですか？」と聞くと「仏壇の前にあるから」と言い、行って何気に仏壇を見るとさっきのおばぁの写真が飾られてる！「おいおいおい」もうそれからは動揺して査定どころでは無い！　でもとりあえずは査定を終了し、お客さんにサインを書いてもらってる時、勇気を出して「あのお婆ちゃんはいつ頃お亡くなりになったんですか?」と聞くと「10年なるかねぇ。でもなんでねぇ?」と聞くのでさっきの事を話すと「アンタたちが本見てた部屋がおばぁの部屋でさ、足が悪かったから、よく窓から外眺めよったさぁ。家壊すから天国からサヨナラしにきたはずねぇ」。

僕は涙ウルウルで何も言えずにこの家を後にしました。

家族を亡くして

✉ゆっちんさん

父が亡くなって四十九日までは確かに足音・物音・父のいびき等色々な事が起こりました。それは、だいたい皆が寝静まった後に聞こえました（家族皆聞いてます）。でも不思議なことに、四十九日を終える頃にはピタッと止みました。

と言うのも私、父の夢を見たんです。夢の中で父が「死んだんだぁ」って何回も言うんです。その時の父は、悲しいというよりも、やっと自分自身で亡くなった事を理解したって感じなんです。よく、亡くなった人は「死んだ事を理解しないと未練があり成仏出来ない」って言いますよね？ だから後日、父の仏壇に向かって「自分たちは大丈夫だから、安心して天国へ行って。そして家族を見守ってよ」って言った後ぐらいからかな？ 奇妙な音はしなくなったんです。夢だけではなくて、家族の気持ちの中にも少しずつ変化が起こった事も関係あるのではないか？ と思います。

父が亡くなったことはものすごく悲しい事。でも、残された家族はこの世で生活をしていかなければいけない。父の為にも生きなくちゃ！　父は見守ってくれる！　と、家族が心に思うようになったからです。

✉渦巻きさん

この六月に父を亡くしたのですが、その前後に不思議な事が多々ありました。私は父と二人暮らしをしていたのですが父が亡くなる3、4か月くらい前から父の寝姿が異常に気になり、生きているかどうか胸の上下するのを確認して安堵するという事が何度も何度もありました。

父は会社の健康診断でも悪い所は無かったのですが、ところが本当に眠ったまま逝ってしまったのです。

四十九日の二日前に不思議な夢を見ました。父が「行ってくるからな」と言いその時ドアをドンドン叩く音がして父が「迎えに来なくても大丈夫だって言ったのにきたみたいだ。じゃ、もう行くよ」そう言って出て行きました。

とたんに場面が変わり私はだだっ広い暗い空間にいました。エレベーターのような物があり、その前に男の人が立っていて私は「あなたは神様ですか?」と尋ねました。その人は「とんでもない」といった風に首を横に振りある方向を指差し「神様はあちらに居られます。あなた怒られますよ」と言いました。近づいて行くとりっぱな椅子が4つ並んでいてそこには男性が3人、向かって右端に女性が一人座っていました。

女性は絵本などで見る竜宮城の乙姫さまのようないでたちで頭だけは長い髪を後ろで一つに結んでいるような感じです。その乙姫さま風の女性は物凄く怒っていて恐い顔で私を睨みつけていました。つかつかと私の方へ歩み寄ってきたと思ったらいきなり拳で私の頭を殴りはじめました。

「お前は私があれほど何回も何回も知らせをかけたのに気が付かなかった！」と何度も殴り、私は私で妙に納得し心の底から申し訳ない気持ちになっていて「申し訳ありませんでした、お許し下さい」と、一生懸命に謝っているのです。夢から覚めた後は号泣してしまいました。

私の兄はユタになる人と言われて久しいのですが、その事を話しても「分からなかったのだからしょうがない。気にするな」と言うだけで多くを語りませんでした。

四十九日には兄の体を通して父と話をする事ができ、（私は泣くばかりで父の話にうなずくだけでしたが）方言は私以上に話せない兄が**ベラベラと方言で母と話す**のを見てやはり父に間違いないと思いました。

✉さくらさん

もう8年前ですが、主人の父が亡くなりました。四十九日を目前に控えたある日、主人の母が「香炉」が小さくなったので買い換えたいと、お葬式をあげて下さったお坊さんに相談したそうです。お坊さんは、特に問題ないので大きいものに灰を移して使いなさいと言われたそうで、義母もそれに従い、大きい香炉に灰を移し、小さい香炉はゴミに出したそうです（ここまでの経緯は私はまったく知りませんでした)。

それから、私の家では不思議なことが起こっていました。当時1歳を迎えたばかりの長男が、いろんな物を「見る」ようになってしまったのです。「お母さん、あれだれ?」と誰もいない壁を指差したり、ちょっとした隙間に水の入ったコップ二つを置き、**手を合わせて拝んだり**。なにしてるの? って聞くと、**「ここに、たくさん人がいるの」**とかって……。でも、ある日の夜、私は不思議な夢を見たんです……。

主人の実家にいる一人でいる私。フスマが閉まっていて他に誰もいる気配はありませんでした。すると、フスマの向こうに亡くなった義父の姿がうっすらと透けて見えました。病気をする前の、すごくふっくらした姿の義父。サングラスをしていて、表情は良く見えませんでした。何かを探しているように見えましたが、しばらくして私に気づき「○○か?」と私の名前を呼びました。「はい」と私が答えると、「お母さんに、僕はおばあちゃんと一緒にいるから安心しなさいと言ってくれ。それから、あなたは女の子ができてるね。おめでとう」と言いました。

義父の夢を見るのも初めてだったし、このところ不思議なこと続きだったので、翌日義母に話しました。すると、義母は涙を流して喜びました。ちょっと前に、いつもお願いしているユタの元を訪ねたときに、いきなり「だー、あんたの亡くなったご主人は、魂がどっかにいってるよー」と言われたそうです。

ユタ曰く、香炉は魂が宿っている場所で、それを捨てた事により、義父の魂も居場所がなくなりどこかにさ迷ってるとか。慌てた母は、ユタを家に呼び「魂を戻す儀式」? とかをやったそうです。義父は最後に「あなたは女の子ができているね」と言っていました。でもその時には妊娠していなかった私。「？・」という感じでしたが……。その後、生理は来ず、妊娠が発覚。生まれてきた子は……もちろん女の子でした。

✉CAROLさん

私の幼い頃おじいちゃんが先に他界し、後を追うようにおじいちゃんの四十九日の日におばあちゃんが他界しました（信じられないでしょうが本当の話です）。おじいちゃんが亡くなり、悲しみの明けない内におばあちゃんまで亡くした母達は姉妹全員でおばあちゃんの亡骸から形見わけをしていました。

おばあちゃんの愛用していた櫛やかんざし等……そして母がおばあちゃんの指輪に手をかけた時、おばあちゃんの亡骸にしがみついて泣いていた孫（私の従姉）が「**うりわーむんどー！**（これは私のよ！）」と言って母の手を掴んだそうです。

一同はとても驚きました。だってその孫（従姉）はまったく方言が喋れないんです。……そう、おばあちゃんが孫（従姉）の身体を借りて指輪を取られるのを拒否したのです。「うぬ指輪やとーちゃん（おじいちゃん）がわんにんかいくりたむんやくとぅ（この指輪はおとうさんが私にくれた物だから）」と言ったそうです。それを察した母達が「かーちゃん、心配しないで。自分達は形見として大事にするから」と言うと納得して、残された子供達や孫達へ一言二言メッセージを残し、みんなに別れを告げたそうです。

蝶の話

✉ばななさん

祖父が亡くなった時の事です。棺の中の姿を見て大泣きしました。あまりに泣き過ぎて疲れて少しもうろうとしながら祖父の顔を見ていたら、目がぱち～とゆっくり半開きになったんです。偶然そうなったのか、祖父の思いがはたらいて？　なのかわかりませんが、黒目が見えた時は本当に驚きました。

それと、四十九日目にお坊さんが来て、最後は魂を天にお送りするとかで庭（外）に向かってお経を唱える儀式？　を始めたら、突然ひらひらと**一匹の黒蝶**が来て、ちょうど終わると同時に姿を消しました。みんな「おじいちゃんがお別れにきたねー」と言いながら見ていました。一瞬「沖縄は暖かいから1月でも蝶が飛んでるのかな？」と思いましたが、やはりやってきたタイミング的にも心情的にもあれは祖父だったと思います。

✉アカバナァーさん

毎年、お盆&シーミーの時など、葬式&仏壇&お墓などにかかわる時は、いつも「何処から？」と思うほどアゲハ蝶が私達の周りをヒラヒラと飛んでは何処かへ去って行きますよ。ちなみに、1月の終わり頃オジィーちゃんの葬式がありましたがその時も飛んでました。あと、オバァーちゃんの葬式の時もみんなの周りを飛んでは帰って行きましたね～。シーミーなんてあたりまえ！　アゲハ蝶がやって来るたびに、「あっ！　オジィーかオバァーが見に来てるねぇ～」って話します。家の母とかは直接アゲハ蝶に話しかけてますよ。

そんな訳でうちの家族、親戚の間ではアゲハ蝶がそういう時にやって来た場合は、「お別れに来た」「会いに来た」など言ってますよ。

沖縄戦の記憶

✉ホワイト×ブラウンさん

先日の沖縄旅行の際、最後にまわったのが旧海軍司令部壕です。一歩足を踏み入れた瞬間に耳が何かに塞がれたかのように聞こえなくなりました。「G（重力）がすごくない？」という夫に、「まだ大丈夫だよ」と答えた瞬間、**「ドドーン、ドドーン」**という重低音があちこちから聞こえてきました。足元には血みたいなシミも見えるし……。

パニくって元来た道を逃げようとする私を、またもや夫が「何やってんの!?　出口はこっちしかないよ」と止め、一人で最短のルートを、1秒間隔で左右におちる爆撃音を聞きながら出口へと向かいました。内心は、こんなただでさえ怖い場所でこんな怖いBGMを流す博物館？　職員に怒りを覚えながら。

けれど、出口を出てからも相変わらず空から「ドドーン」と聞こえるので、「沖縄だから基地があるのか、だからかー」と納得していました。空港に向かうバスに乗った時に、私が「爆撃音すごい怖かったねー。臨場感ありすぎだからやめてほしいよね～」と言ったら、夫は**「えっ、そんな音、1回も聞こえなかったよ⁉」**という台詞。BGMだと思って気づかなかったけれど、実は3年前訪れたときにも、ひめゆり資料館で同じような体験をしていたことを思い出しました。その時の音はなぜか「ヒュ～、ドドーン」と「ヒュ～」がついていて、旧海軍では「ドドーン」の部分しか聞こえなかったのが不思議議です。（この前友達に確認したところ、その子は合唱の声しか聞こえなかったそうです）

旅行後沖縄戦のことを知っていくにつれ、癒しを求めていった地で、実は癒しが必要なのは沖縄なんだなぁということがわかりました。今もなお数多くさまよっている戦死者の方々が、一日も早く成仏することを祈っています。

✉うどんさん

人から聞いた話です。女子大生が複数で沖縄旅行で体験したそうなんですが、ホテルの部屋で夜遅くまで、みんなでワイワイおしゃべりしてたら、中に霊感の強い子がいてその子が、「来ているよドアの向こうに」と言い出したそうです。で、「悪い霊じゃないから大丈夫よ。話してみる？」と言ったのでみんな興味津々でのってきました。

それで、霊感の強い子が、「YESだったら、ノック1回、NOだったらノック2回して下さい」と言ったところ、「コン」と1回返事……。「あなたは男性ですか？」の問いに「コンコン」とNO

の合図が……。「あなたの年齢は、30代ですか?」の問いに「コンコン」とNOの合図が……。「あなたは、20代ですか?」の問いに「コンコン」とNOの合図。「あなたは15〜20代の間ですか?」の問いに「コン」とYESの合図が……。みんなは、同世代の女の子なんだぁ〜と安心しきってた様子。

それで、「あなたは一人ですか?」との問いに「コンコン」とNOの合図が……。「2人ですか?」との問いに「コンコン」とNOの合図が……。

「それでは、そこに来ている人みんな一人ずつノックして下さい」の問いに**「コンコンコンコンコンコンコンコンコン……」**かなりの数のノックが部屋に響いてたそうです。

後で知ったところ、このホテルの近くで沖縄戦の時に女学生が多く亡くなったらしい。同じ年頃の女の子が、楽しそうにおしゃべりしてたから、近づいてきたんだろうね、とみんな怖いと言うより悲しく切ない気持ちになったそうです。

怖くない幽霊

✉ウルフさん

今度は元彼今旦那の体験を聞いてください。

まだ彼氏彼女時代のある夜。仕事が休みの前の日は彼氏の家にお泊まりと決まってて、その日はいつもより遅く着きました。もう眠っていた彼は私に「やーさっき来たか? 今来たばー?」と聞いてきたんです。私は「? 今来たよ。何で?」すると彼は「えーまさかやー」「??? 何でよ?」。しぶしぶ話し始めた彼の話はこうです。

彼が眠っているとベッドの頭の方から、**逆さまにチュー**をされたので私が来たんだなと思って（ちなみにしたことありません）寝たふりをしてて、いつまでたっても私が来ないので起きて周りを見て「夢か」と寝なおそうとした時、ベッドのそばのスピーカーから「**ハハハハハハハーーーーー**」と馬鹿にしたような男の低い笑い声がしたとの事。

パニックになった彼は、フリーズしたまま寝たふりするしか術がなかったと。それから私たちは朝まで電気をつけてビクビクしながら寝たふりをしましたが一睡もできませんでした。それから何も起きていませんが、これって何なんでしょう？

✉健太郎さん

幽霊が出たら、または霊に憑かれたら、霊が見える人は**霊をハグして**……。また、見えない人は霊をイメージしてハグして……。どちらの方もハグしてから霊にキス（チュッ！）をすると霊は光に帰って天へ上っていくそうです。一度試してみて下さい。あと、霊は怖いものではないと思います。愛をもって接すれば良いのでは……

✉Aimarca☆さん

わたしの父は釣りが好きで、冬になるとよく夜釣りに行きます。北部のほうに、よく釣れるんだけど、そこは高い崖があり、そこから落ちて亡くなった人の幽霊が出る！と有名なところによく行っていました。

幸い、父はその幽霊に一度も会った事がないそうです。この幽霊は、釣りをしている時に来て肩をトントンとたたいて、「釣れますか？」と聞いてくるそうです。釣り人が様子をうかがいにきたと思って振り向くと、**なんと顔がない男の人が立っているそうです**。こわい！しかし、父の知っている人は、この幽霊に会ったとき、「あい、あんた顔がないね！」と、言ったそうです。そして幽霊はスッと消えていったようです。**幽霊は自分の容姿を言われるのが嫌い**だと父が言っていました。それにしても、「顔がないね！」といった方はかなりすごいと思います！

かいやさん

最近まで住んでたワンルームのアパートに住み始めたころなんです。その日も遅くまで仕事で帰るなり化粧も落とさず、ベットへバタンキュー。しばらくすると、だんだん体が重くなり「あ〜金縛りだ〜疲れてるもんな〜」と思いながら、金縛りがとけるのを待っていたら、玄関から黒い影が入ってくるのが見えました。

何事かと思って起きようにも金縛りで起きれず、この影が近づいてきて恐怖心が頂点になったときに私の耳元で**「玄関の鍵あいてるよ〜」**と男の人の声で言われ、黒い影は玄関から出て行き、私はそのまま寝てしまいました。朝起きてすぐに玄関の鍵をチェックすると開いたままでしたぁ。**黒い影さんに感謝っ！**またよろしく！でも、今度来るときは、あまり怖がらせないでほしい～なぁ。

✉ **hsさん**

母が若い頃地元で起きた事だそうです。小さな貸家があって、当時は「あの家は出る」と評判だったので誰も借りようとしませんでした。ところが肝っ玉の据わったにーにーが、「俺は安く借りられれば問題ない。もし居たら無視すればいいさ」と借りました。

住んでみて、やっぱりゆーれいも同居しているのが分かったのですが、なんせ家賃が破格だった上に、ゆーれいは居るだけで悪さはしないので、すぐ引っ越すつもりはありませんでした。

そんなある日。にーにーの男友達が遊びに来て、二人で夜中まで飲んで酔っ払っていました。そして今日もゆーれいは現れました。男友達にもゆーれいは見えました。そして一言。**「あい。こりゃ～酷いな。末期癌だな」。**男友達は研修医だったのです。

にーにーは「本当か？　どれ？」とゆーれいに近づいて、ゆーれい（患者？）観察が始まりました。

研修医「だぁ見てみ。ここところが腐ってるだろ？　これはかなり転移して手術は無理だったはずだ。しかもかじゃ～までする（臭う）」

にーにー「あい本当だ。今まで気づかなかったさぁ。これは酷いな。癌ってこんな風になるばぁ？」

研修医「これはよ、かなり進行して手の施しようがなくなってしまってこうなってる訳さぁ。あいや、これはリンパから腹膜から全部だな。この状態まで行って死んだんだったら、したたか苦しかったはずよ。**俺はこーなりたくないやっさー**」

にーにー「わんもイヤやっさー」

ゆーれいは観察されてるがイヤだったのか、そのままスーっと消えてしまいました。

にーにー「消えてしまったな。いつもはもうちょっといるんだけどよ」

研修医「はーっさ。あそこまでひどい患者は見た事なかったさぁ」

その日以来、その家にゆーれいが現れる事はありませんでした。

ゆーれいは、じろじろ観察されるのがイヤで出て行ったのか、**死因がはっきりして満足したから**居なくなったのかは分かりません。

【tommy】

はい、怖いお話がいっぱいですね。

沖縄のゆーれい話は戦争と切っても切れない関係にあるような気がします。

霊に憑かれるというパターンのお話もたくさんありますが、戦死した人々が帰る場所を探してさまよっているという感じが多いです。

車社会を反映してか、ゆーれいを車で轢いてしまったというお話もありましたね。

この場合、ゆーれいが怪我するとか死んでしまうという事があるのかどうか疑問です。

第2章　沖縄の笑い話

○ああカンチガイ

✉sakuraさん

小二のクラスで、「算数の問題をつくろう」という課題を出したところ、Aちゃんはこんな問題をつくってくれました。

「わたしは子犬を三匹飼っていました。でも、そのうち一匹が逃げてしまいました。

……わたしはもうどうしたらいいかわかりません！」

確かに大問題だとは思うのだけど、先生もどうしたらいいのかわかりません。

ももじさん

夏の昼下がり、部屋でお絵かきしてる姪っ子に「何描いてるの？」って聞いたら、

「うん。あしぇかいてる」

あしぇ？……しばらくして汗かいてるって言ってることがわかり大爆笑してしまいました。

私は絵は何描いてるの？　って聞いたのに姪っ子は暑い部屋で一生懸命絵を描きながら汗もかいてたのでした。その姪っ子ももう二児の母です。

✉うるうるさん

仕事に就き、上司に当たる方との会話です。「私のお父さんは、PCについて色々おかしなことを言うんですよ。一生懸命、**受信トイレ、受信トイレ**って言うんですよ。でもそれって受信トレイなんですよね」って教えてくれました。トイレを受信するっていったい、何MB必要なんでしょう？　って密かに思ってしまった私。

✉ぴーじゃーまんさん

私の周りのおばさん達はパソコンがよくこなせてなく、間違ってはdeleteキーで削除すればいいのになぜかごみ箱にいれるんですよね。ずっと気になっていたので勇気をだして聞いたんです。そしたらおばさん、「ちり箱にいれとおけば、あとからでもだせるさーねー」。

どんなに教えてもいまだに**「ちり箱は？」**と、変化のないかわいいおばさん達です。

「ちり箱は？」

✉ぷぷぷさん

大阪出身の女の子が取引先の方と電話でやり取りした後、突然、**「ピグモンでした〜!!」**と言って電話を切ったそう。周りにいた同僚が驚いて「なんでそんなこと言ったの?」と聞くと、「だって、相手が『アハゴンでした』って言うから私もギャクで返した」と……。

彼女は「アハゴン＝阿波根」という名前が沖縄に存在することをその時、初めて知ったのでした……。

✉わったーRさん

僕の友人の天然ぶりをご紹介します。高速に乗ったときの英語のアナウンス。**「Take a Ticket」**を**「っていうか、あっち行け〜」**っていわれてると思ってたらしく、「道路公団サービス悪いあんに」と勝手にワジワジしてました。また、「飲酒運転撲滅キャンペーン」のCM「お父さん、僕お父さんのこと大好きだよ〜」っていう坊やの名前は「タケシ君」らしいです。CMの最後にお父さんが「タクシー!」って言ってるのを**「タケシー!」**って言ってると思ってたらしいです。

還暦おじぃさん

私のオフクロ（当時60代）非常に高かったナショナルのカラーテレビをやっとのことで手に入れて、夜は毎日テレビにかじりついていましたが、ある日、コマーシャルのときに画面を指差しながら**「このテレビ、ナショナルだのに、シャープの宣伝しているサー！」**。

高い金を出してやっと買った自分のナショナルのテレビで他のメーカーの宣伝をしていることが不思議であり、許せなかったんでしょうね。

✉ぴろみさん

インターネットのYAHOO! JAPANのタイムリーニュース、4／1 午後17：30「トピックス」の欄に、

《オジーの家で火災 夫妻は避難》

「えぇ～オジーの家で火災って、誰のオジーの話？？？ オジーは大丈夫か～」と思って詳細を読むと、**ロックミュージシャンのオジー・オズボーン**の話でした。オジーはオジーでも名前だったんですねぇ～。絶対他のウチナーンチュも勘違いしたハズ!!

✉noaさん

ちょっとした花壇にブーゲンビレアが植えてあったんですが、心ない人が盗って行ったりするんでしょうか。板のようなものに手書きで

「プーデンビデアとらないで」

と、書いてありました。

……確かに語呂は似てるけど……惜しい!!

✉Cささん

先日、東京から3年ぶりにいとこがきました。最近の発展ぶりをみてもらおうと、新都心を通って帰りました。

だいたい、夕方の5時半ごろだったと思います。公園付近でいとこが**「蜂をとるかっこうしている人がたくさんいる!! どうして?」**というので横を見てみると、紫外線対策をしたおばさんたちがウォーキングしていました。

なるほど、蜂をとる人……似てるかも……。

✉ぽちゃりんこさん

私は聞き間違えをしてしまい、大恥をかくことが度々あります……。これは実際にあった社内のとある風景です。

同僚「最近、T課長ってマリッジブルーっぽいよね?」

私「何言ってんの。T課長は元々**マギイチブルー**でしょ!」

同僚「???……あ、であるね♪」

マギィ→大きい　チブル→頭。私は「マリッジブルー」と「マギィチブルー」を聞き間違えてしまったと言うワケです。ああ、今考えても恥ずかしい……。

でもでも、本当にT課長はマギィチブルーだったんです!

○しこぎり事件

✉**小禄高校9期生さん**

29年前の話です。大阪の天六商店街を歩いていると、寿司屋の店先で寿司を販売しており4～5人の客が並んでいました。

「フ～ン、大阪では店頭販売もしているのか……」。私は寿司を買って、アパートで食べようかと思いながらその列に加わりました。店先のメニューには・トロ・イクラ等……沢山ありましたが、その中に**「し・こ・ぎ・り」**と書かれているのを見つけました。

「フ～ン、大阪では変わった寿司があるな」と、思っているうちに、

店員「兄ちゃん、なににすんねん」

私「し・こ・ぎ・り・下さい」

店員「なんやて?」

私「その、し・こ・ぎ・り」と、大きな声で答えた。

店員「なに言うてんねん、そんなんあらへんで」

私がメニュー板を見ながら、書かれているのに不思議だなと考えていると、私の後ろに並んでいた客の大阪のおばちゃんが「兄ちゃん、外国人かいな? **『にぎり』と読むんやで**」と、声を掛けてきた。

私は、その瞬間に間違いに気付いた。「に」の文字の間隔が開いており、『し・こ』と読んでしまったのだ。

私の説明に並んでいた客が大笑いしたが、その後、道端で逢うと**「しこぎりの兄ちゃん」**と声を掛けられるようになりました。

○ウチナーグチでプリーズ♥

✉そら。さん

私の甥っ子が2歳半くらいの時に、おじぃちゃんと一緒に「ことわざカード」というのをやっていました。カードの表には、絵とことわざの前半分が書かれていて、大人がそれを見せながら読んで、子供が後ろ半分のことわざを答えるという練習カードなんですが……。

「地獄で仏」というカードの時。

じいじ「地獄で？？」

甥っ子「**ウートートー**」

甥っ子の中では、そうなってるみたいでした。

✉カヤマさん

沖縄のおじぃ、おばぁは片言の英語がよく飛び出しますよね。

以前、いかにも沖縄的な商店に行ったとき、私と同時に外国人が入ってきて、店番をしていたおばぁに、英語で何やら話しかけていました。

たぶん、コーラとかジュースはどこにあるのか？　だったと思います。そしたら、おばぁが得意顔で

「あまんかい、プリーズ♪」と

言ってました。

その発音が見事で、思わずウナリました。

✉りんりんさん

あれは、12～13年前のこと！　沖縄出身の女子がたまたま出向先で一緒に仕事をすることになったんです。そして4人の沖縄出身が集まり、楽しくわいわいしていました。

ある日、みんなで渋谷にカレーを食べに行った時のこと。食事も終わり、ちょっといい気分で酔って渋谷のセンター街を歩いていました。気がゆるんでいても私達はやっぱり女の子！　沖縄の方言でしゃべるのはちょっと抵抗があり、**ナイチャームニー**をしていました。（酔っていたから本当はウチナーぐち全開だったはず）

その時、いつもはおとなしいB子が周りにも十分聞こえる声でひと言を……。

「どうする？　シーバイまりたいってばっ」。

一瞬、ハイ～？　って酔いも一気に醒めちゃってB子以外の3人で大爆笑!!　他の通行人は？？？　ってな顔・顔・顔！

渋谷のセンター街の道真ん中でおしっこしたいっていう女がいてる？　いないでしょ？　そして私が続けた言葉は「あり。でーじなってる」でした。

やっぱり、沖縄ピープル！　沖縄方言万歳～♪

私の2才の娘なのですが……
この間、私達、親子の会話。
私「○○、何才？」
娘**「ハイサーイ！」**
娘のおかげで、笑いの絶えない毎日が送れてます。

✉がちまや～さん

✉鼻くそおばぁー。さん

清明祭シーズンですね。そこで思い出した話があるんですけど……。おばぁーの軍従業員と兵隊の会話です。

兵隊「WHAT ARE YOU GONNA DO THIS WEEKEND?」（週末何かする予定あるの？）

従業員（おばぁー）**「Ummmm! シーミーカム パタイハウスで パーリーさぁー」**

（うーん！ 清明祭でお墓でくゎっちぃーうさんでぇーしーピクニックさぁー）

これをとっさに言う沖縄おばぁーは凄い！ っていうか笑わす！

✉みみこさん

最近、飲み屋のおねーさんに聞いた話……。

道でばったり二人のおばあが出会った。ひとりのおばあが

「あい、あいあいあいあいー！」

と言うともうひとりのおばあも

「あい、あいあいあいー」

と答えた……。

「あれー久しぶり、あんた元気だったね？」「元気さー今日はいい天気だねー」と言ってるんだって！ ほんとー!?

✉明日があるさん

某球技の沖縄選抜チームが県代表として熊本の大会に派遣されたときの話です。シード権を得ていた沖縄代表は体育館のギャラリーで1回戦の試合を観戦していました。

その時「ニャー、ニャー」と足元から子猫の鳴き声が聞こえたので選手の一人がその子猫をつかまえました。

その時4～5歳くらいの地元の女の子が離れたところからその様子をみていたのでその選手は「この子猫はきっとあの子のなんだろうな」と思い、子猫を差し出しながら、

「うりっ！」と手渡そうとしたのです。

もちろんその熊本の女の子には「うりっ！」は伝わらず彼をじ～っと見つめてるだけ。

彼は（聞こえないのかなぁ）と思いもう一度**「うりっ！　うりっ！」**と。

それ以来彼のニックネームは「うりうり」です。

ちなみにこの彼180㎝を超える大男ですが、このニックネームで可愛いいい印象になりコンパではウケてます。

✉けいこさん

老人会のゲートボール大会があり、私は○○区のお年寄りの接待で参加していました。

試合が終わり選手の皆さんがテントに帰って来た時の事です。私は皆さん疲れているだろうと思いお菓子とお茶を配っていました。

あるおばあちゃんに「おばぁ、うりぃうさがてぃあまんかいまーしみそーれー」と、そしたら「いいや、わんねーかまんむん」（ううん、私は食べないよ）と、怒っています。

私はそれでも気づかず「ぬーがふぅ、まーさいびーんどー（なんで、おいしいですよ）、うさがてぃ、あまんかいまーしみそーれー」と……そしたら、一緒にいた84歳になるおばあちゃんが「けいこ〜いゃーが言いせー違とーんどー」（あんたが言っているの間違ってるよ）と。

「まーしみそーれー」だと**「これを食べて向こうで死になさい」**となるんです。

「うりぃうさがてぃ、あまんかいまーらしみそーれー」（これ食べて、あちらに回してください）が正解だったようで、今でも事在る事にこの話を持ち出され笑われています。

方言は難しい。

✉タクさん

内地の友達に**「だぁ」**といって手を差し出したら、友達に

「お前は赤ちゃんか！」

と爆笑されました。

内地の友達には「だぁ」は気をつけようと思いました。

✉アオウミガメさん

中学生三年生の頃、塾の英語の授業での話。講師の先生が、「ダイ・ハードって映画があるだろ？　意味はなんだと思う？」。

隣の中学の男の子は、（講師はホントは「なかなか死なない」という答えを期待していたらしいのですが）さんざん考えた末、

「……しにつらい？」と答えました。

ダイ＝死ぬ＝しに（かなり、とても、という意味）のように英語から日本語、方言への変換。

私もしに笑ったのを今でも憶えています。

○気になるお年頃

あずきさん

　うちの娘は3年生にしてはかなりでかい！　5年生と変わりません。そんな娘と2学期の通信簿を見ていた時のこと。

私「結構、大きくなったなぁ～」

娘「あーちゃんさぁ、今と～っても**発情期なわけぇ**。クラスでも一番だしぃ……」

私「？？？　発情期？」（しばらくして）

「違うだろ！　それを言うなら成長期っ！　**お前は犬かっ！**」

娘「成長期って何？」

　体は大きくなっても頭の方はまだまだのようです。

おさむさん

　先日、三越に沖縄のオバーとちいさい孫（二人）がいたんです。

オバー「お母さんが来たら欲しいの買ってあげるから、欲しいの言ってごらん」

孫（男の子）「オバーのおっぱい!!」

オバー「オバーのおっぱい!?　……いいよー。今からオバーのおっぱいだそうねー」と自分の胸に手をあてるオバー。

孫（女の子）「オバーだめ～!!　ニーニーだめ～。オバーのおっぱいはよーふ～ん、ニーニーのち○ち○とおんなじでブラブラしているからだめー!!」

孫（男の子）「オバーのおっぱいとち○ち○は違うばーよー。ち○ち○はしっこがでるばーよ。**オバーのおっぱいから出ないだろう!!**」

　オバーは笑いながら二人の孫を抱きしめてました。

みやこさん

親戚が沢山集まっていた時、幼稚園になる男の子が「ねーねーのオッパイ見せて!!」ってしつこく私の周りをウロウロ……私が「恥ずかしいから嫌!」と言うとその子は「見てみたいのに! いいさ～見せて～!」と追い掛け回す。

それを笑って見ていた80歳位になる親戚のオバーがいきなり「だー、来てごらん! オバーのオッパイ見せてあげるから」と言い出しました。するとその子は目を輝かせて「本当に? オバー見せてー」とオバーに駆け寄っていった。

オバーは襟口をちょっと開いてその子に胸元を覗かせていました。ノーブラなのに……。

「どうか? オバーのオッパイは?」とオバーが問い掛けると無言で覗いていた男の子はしかめっ面で一言**「キタナイ……」**

オバーは「せっかく見せてあげたのに汚い? この子供は!! もう見せてあげんよ～!」と本気でブチキレてました。

bestcouples さん

朝早くから大学生二人が歌舞伎町で朝食を取ろうと歩いていました。

下心丸出しの状態で沖縄では味わえないような刺激的な喫茶店はないかと必死に捜し求めていたところに、二人の目に止まった窓ガラスに貼られた一枚の紙。

その喫茶店の窓ガラスに大きく……。

モーニング◆パン・ティーサービス中

「モーニング注文するとパンティーもらえるぜ！　こんな喫茶店沖縄にはないよな〜。ここがいい!!」と二人は即座に入り、早速モーニングを注文。

「あの……、あれ……あの窓のものを二つ下さい」と恥ずかしそうに窓ガラスの張り紙を指して注文。二人は注文したらすぐに「パンティー」がもらえるのかと期待。ドキドキワクワク。

しかし、注文を受けた店員さんはパンティーも渡さずそのまま行ってしまった。

「あれ？　パンティーくれなかった。もしかして、モーニングを運んでくるときかも」

二人はますます期待。再度、ドキドキワクワク。

待っている間、二人は会話もせずにずっとニタニタ。二人は当然パンティーのことで頭がいっぱい。

「どんなパンティーがサービスでもらえるのだろう？」

店員さんは二人の席にモーニングを運んできた。パンティーを心待ちにした二人は「やっともらえる！」と思ったのもつかの間。ウェイトレスさんはモーニングを出して再びそのまま行ってしまった。

すぐに行ってしまった店員さんを呼び止めようとした大学生の二人。しかし、初めての東京。シャイな二人。勇気もなく、仕方なくただひたすらモーニングを食べ始めた。

「いつもらえるのだろう？」そのことばかり気になった。二人にとって今は「食事」よりも「パンティー」。

「そうだ！ 会計の時にもらえるのだ‼」

大急ぎでモーニングを食べた。二人はそのモーニングで何を食べたのか覚えていない。とにかく、「早くパンティーを手にしたい！」その気持ちでいっぱい。二人は早々とレジに向かい会計を済ませた。会計を済ませた二人はなぜかレジの前で立っている。顔を真っ赤にして立っているだけ。

レジから離れない二人に店員さんも「何か？」と尋ねた。二人はやっと勇気を出して店員さんに「あの……あれ……あれ下さい」と窓ガラスの張り紙を指した。店員さんは「？？」。

二人はあるだけの勇気をしぼって**「パンティー下さい‼」**と言った。

驚いた店員さんは一瞬呆気に取られ、そのあと店中に響くほどに大爆笑！ 二人に……モーニングのサービスは「パンティー」ではなく「パンとティー」であることを説明。二人は穴があったら入りたい気持ちで喫茶店を出たそうです。

○謎の行動

✉むむさん

私の父は大変アバウトで、いい意味では大胆な人、悪い意味ではずぼらな人です。父が本土へ旅行し、沖縄に帰った数日後、クール宅急便で父が送った荷物が我家に届きました。何だか美味しそうな予感……。父を除いた家族全員が色めき立ちました。母が梱包された宅配物を開けると、ドライアイスの白い煙とともに、

父の本と下着が入っていました。

本も下着も冷やして送る必要は皆無だ。普通の宅急便を使わない父の心。私には計り知れませんでした。

✉リアンさん

うちの母は時々、母独自の解釈・発想発言をします。それに気づいたのは小5の時。
私「かあさん、リスを飼いたい」
母「あんな大きいのは駄目」
私「はぁ? あんまりおっきくないよぉ」
母「あんたよ、あれは**キツネくらい**あるんだよ、世話できないでしょ?」
私「……かあさん、リスは手のひらサイズだよ……」
父「そーいえば、かあさんよ、初めて動物園に連れて行った時『カバはキツネくらいと思ったたぁ』って言ってたやっさぁ　はっはっはっ」
今でも、時々**「ネコも水飲むんだねぇ」**とか、呟いている母です。

✉さららさん

家の小2の娘がDr.スランプアラレちゃんの歌らしきものを歌いながらセッセッセをしていたので聞いていると……アラレちゃんが大変な事になっていました。

「アラレ・アラレ・アラレちゃんボンボンボン♪」しかも妙に早いリズム。

「んちゃんちゃあたし**たつ巻**アラレロボットよ~♪」いつの間にたつ巻に……。

「ペンギン村から**お金を取って**右向いて左向いてばいちゃばいちゃ!」泥棒になってる~。

「おはこんばんちわ」がいつの間にやら「お金をとって」に変わるなんて……博士もアラレちゃんもビックリです。

✉ティッピさん

うちの甥っ子が公文で習ってきた詩のカードを得意そうにうちのじぃじやばぁばの前で披露していました。

絵を見て、最初の部分だけをいってあげるとすらすらと詩と作者名まで答えます。どれも中学・高校の国語の本に載っていそうな難しい作者ばかりを3才の子が……とみんなで感動し、何度もさせていました。

しばらくすると飽きて集中力も切れてきたのか、作者名が怪しくなってきて、しまいには「誰が作ったんだっけ？」と聞くと

「う〜ん、公文の先生」と答えていました。

○奇跡のおじい、おばぁ

✉グーフィさん

沖縄の年配の方は英語が得意？　といいますが、実家の母の話。

「シャンプー」や「リンス」など小さい字が見えにくいので、分かりやすいようにボトルに黒いマジックペンで大きく書いているのですが。

あるボトルにデカデカと

「バディ　シャンプー」

と書いてありました。

ナイス発音！

✉がまさん

全自動洗濯機が初めてCMで流れたとき、知り合いのおばあちゃんは喜んで全自動洗濯機を購入しました。しかし、その後、そのおばあちゃんは文句を言ったそうです。

「全部、洗濯機がやるっていったから買ったのに、干されてないさ」

どうやら全自動洗濯機のCMで、洗う場面から洗濯物が干されている場面に変わったため、洗濯物を干すのまで洗濯機が自動でやってくれると思ったようです。

✉中野区サエさん

年末年始の里帰りから戻る時のエピソード。帰る時間が来て、私を玄関まで見送ろうとするおばぁ。

おばぁ「おばぁはよ、足が痛くて椅子から立てんわけさぁ、杖無かったら歩けんよぉ」（いちお本人の勝手な解釈）

私「ホラ、ココにあるよ〜」と玄関に置いてあった杖を見せると、立ち上がって、

おばぁ「だぁ、杖はドコにあるねぇ?」

自分で杖のある玄関まで歩いてきた……。

私「あいっ！ おばぁ、歩けるさぁ〜」

おばぁ「だからよ〜なんでかね〜」

こんな、テーファァーなおばぁが大好きです。

✉とぉもさん

おばぁと人々の会話。

看護士「おばぁ、どんなぁね～？　便は毎日でてるね～？」

おばぁ「うん、毎日でてて上等よぉ」

看護士「ゲップはよくでるね～？」

おばぁ**「つきじゅき3じぇんえん（月々三千円）なぁ出て大変よぉ」**

看護士「それはお金の月賦でしょ～口からゲェするゲップよぉ」

おばぁは最強ですね。

✉ホステスさん

私のオジーの話です。私たちは毎年ゴールデンウィークに海で2泊3日のキャンプをするのが恒例なんです。

ある年、兄がズボンに携帯を入れたまま泳いでしまい、案の定携帯は使用不能に。

そしたら、オジーがバーベキュー用の鉄板の上にその携帯を置いてるんですよ。皆で「オジーなにやってるー!!!」って叫んだら、オジーが**「カーカチョーン」**（乾かしてる）。

オジー　溶けるよ……。（心の声）

✉ノアさん

僕が勤めていた老人ホームでの話です。利用者である男性のお部屋へ掃除しに行くと、サイドテーブルに牛乳のパック（小）が3～4個置いてあったので「オジー、この牛乳、いつから置いているの？」との質問に笑いながら返ってきた答えが

「明治から……」。

思わず、感心しました。

✉チムドンドンさん

去年初めて沖縄の地域で行っている集団健康診断に行って来ました。そこでの話。

検査員「おばぁ身長はかろうね～その上に立ってよ」

おばぁは身長計の上に乗りました。

検査員「おばぁ後の棒に背中くっつけんと身長はかれんよ」

おばぁ「あんやんな？」

何を思ったのかおばぁは自分のおでこを棒にくっつけました。

検査員「……おでこはくっつけなくていいから前を向いて背中を棒にくっつけてよ」

何を思ったのか今度は顔をくっつけました。

まわりにいるおばさんたちは、「おばぁこうやって前を向くわけさーはい！　回れ右して」と大勢で加勢していました。

何を思ったのか、おばぁは今度は足を両足棒にくっつけようと悪戦苦闘していました。「はっさみよーあんし、むちかさぬ」。おばぁはワジワジーしていました。

検査員「おばぁ～身長計るのは、初めてね～？」

おばぁ「**おばぁは3回もはかっているよ～**」

一同「……」

私はおかしくて楽しくて思い出してはワラヤーワラヤーして帰りました。今年の健康診断も必ず行こうと思っています。

✉カヤマさん

宮古島に、時々無免許運転をするおばあさんがいたそうです。

家の車を持ち出してヨタヨタと道路を走っていたおばあさんは警察官に呼び止められ……。

警「おばあさん、こんな危なっかしい運転をして～免許証は持ってるの？　ハイ、免許証を見せなさいっ！」

お「……………息子が持ってる！　あんなのは家に一枚でいいんでしょ？」

また、一方通行が多くなった平良市内で、逆走しているおばあさんがいて正面から走ってきたパトカーに静止されたそうです。

警「ここは、一方通行だよっ！　おばあさん、免許証は持ってるの？」

お「ここは昔から、わった～の道であって、**あんた方に方向まで決められないよ～**。だぁ～ジャマさぁ～どきなさいっ！」

昔の話ですが、実話だそうです。

✉島ももさん

テレビが世間に出始めた頃のこと。「テレビの中に小さい人が入っている訳ではないんだよ」と、テレビの説明をフムフムと澄まし顔で聞いていたお婆ちゃん。でも、周りに誰もいなくなった時を見計らって、そぉっと**テレビの裏**をのぞき込んでいたそうです。そして、お婆ちゃんの好きな番組が始まったので、「ほら、おばあ、早く見にいらっしゃい」と言ったら、食事中だったお婆ちゃんは「消しておきなさい。あとで見るから」と答えたそうです。

それから、隣町に住んでいる娘の家に行ったお婆ちゃんが言いました。

「あい、ここのテレビは、**うちのテレビより美人が居るね**」

✉みーこさん

私が内地で学生していた時の話です。ある晩、アパートの電話が鳴り「もしもし」と出たところ、いきなり「あい、○○ねぇ?」と知らないオバーの声がしました。

びっくりして私が「どちら様ですか?」と言うと「えー、山原のおばぁだけど……あれ、あんた誰ねぇ??」とオバーは答えました。私が「オバー、どこにかけようとしているの? こっち埼玉だよ」と言うとオバーは「埼玉? なんでね? **オバー那覇の○○にかけてるつもりだけど……?** 那覇の番号はなんかね?」と言いました。

私が「オバー、沖縄は最初に098をつけないと繋がらないよー」と言うと「あ、そーねー?」と言って電話は切れました。

内地でちょっとホームシックにかかっていた時だったので沖縄のオバーからの面白い間違い電話で元気がでました。オバーの電話はちゃんと繋がったかな～?

✉中年太りさん

身内のレストランウエディングの時の出来事です。招待客50名ほどの宴会で、余興の代わりにビンゴゲームを行ったのですが、参加者にじいちゃんやばあちゃんが多かったので、何かが起こる気配はありましたが進行は結構スムーズでした。

あちらこちらで「リーチ！」の声が上がる中、聞きなれない言葉がおばあちゃんたちの席から響いて来たのです。

「ミーチ！」「ミーチ!!!」……。

そこで進行係が再度ルール説明！しかしお年寄りにはなかなかうまく伝わらない。そこで方言での説明が入ったり、サポート役のがんばりのおかげ？で、めでたく豪華景品の多くは無事おばあちゃん達がゲットしてました。

○マル恥な出来事

✉りんりんさん

息子が3歳くらいのとき、某ショッピングセンターへお買い物！　そこで、突然もよおした息子を連れ、トイレへ行きました。

トイレの中で用を足しながら息子は

ポチャ「1ポーン」ポチャ「2ポーン」

ポチャ「3ポーン」そして「ママすごいね～3本出たよ～★」の名セリフ⁉　恥ずかしい私は必死に口に人差し指をあて「シーッ‼」。しかし息子はなんのその。流しながら極めつけは……。

「ママのウンチバイバ～イ♪」

笑いを堪えているご婦人方の間を小さくなってすり抜け、その場を去ったのは言うまでもありません……。そして「私はウンチしてませ～ん」と心で叫びながら。

✉ダメ犬ポチさん

私の父もカタカナがまったくダメなタイプです。家族で喫茶店を経営していたことがあり、いつもなら店長の兄が日替わりメニューのボードに書くんですが、その日は父が書きました。

Aランチ　しょうが焼き定食600円

Bランチ　チャンポン500円

そして、いつもの常連の方がBランチを注文しました。

と同時に「ねーさん、チャンポンの小さいヤがぬけてたよ～**○○ポン**てなってたさ～」と大きい声で教えてくれました。そしたら周りがこらえきれずにどっと笑い声で恥ずかしい思い出となりました、教えてくれた方の勇気に感謝ですが……。

✉うるうるさん

友達夫婦の3人目の子どもに、待望の男の子が生まれました。旦那さんは早速、名前を考えて市役所へ出しにいったそうな。

役所の職員が「(生まれた子は)長男ですよね?」と友人の旦那に聞いたそうな。すると、友人の旦那様、即答で**「いいえ、次男です」**とはっきり、言い切ったそうです。

役所の方は「???　そうですか?」と調べなおしに行って戻ってきて「**婚姻外**でお子様がいるんでしょうか?」と言いました。

彼はそこでやっと間違いに気づいたそうな。

つまり、「あなたは長男ですか?」と聞かれたと思い、「僕は、次男です」と答えてしまったのでした。

✉無事故無違反さん

自練に通っていた頃のお話です。

マニュアル車で、シートベルト、ミラー、左右の確認をして、ギアをバックにして、さあ、発進というとき、少しブレーキが遠い気がしたので、座席を前に移動しようとそのままレバーを引きました。

するとシートベルトに体を座席ごと後ろに引っ張られて車が大きく上下に暴れ出しました。

隣に乗っていた教官が窓の上の手すりにしがみつきながら「早くクラッチ踏んで！」と叫びましたが私はハンドルにも手が届かず**「せんせえ、届きませ〜ん」**と手足をバタバタし、結局エンストしました。

しばらくして二人で大笑いしました。

✉365日ダイエッターさん

妹のイチドゥシ（一番の親友）ますみさんの実話。

15年前ぐらいのこと。免許取りたての19歳の冬。彼女の愛車の軽自動車「ヤルボ」に女の子4人が、ギューギュー詰めに乗っていたんだって。

路上駐車してディスコ（古いな〜）に出かけた帰り、車の前後ギリギリにYナンバーの車が止まっていて、初心者マークのますみさんは、車を出せずにいた。「このままじゃ、ぶつけちゃう！　どうしよう……」

そのあと、仲良し女4人組がとった行動とは？　**愛車セルボを持ち上げて脱出**したそうです。ピンヒールを履いた女が4人、車を持ち上げる事を想像しただけでもう、わらっちゃった!!

えんじょいさまーさん

クラブ好きなH君のこと。

2年ほど前、某クラブに行くと、ケツメイシのライブがあることを知ったH君。

興奮しながらエレベーターで知らない人に「今日、ケツメイシが来てるらしいっすよ」と言いました。

H君の連れの方の証言によると、その知らない人ってのが**ケツメのメンバー**だったそうです。

【tommy】

笑い話の主人公といえば、なんといっても子供ですね。言葉の勘違いによる微笑ましいエピソードがたくさんあります。

また、もう一方の主人公である、おばーやおじーも言葉関係の笑い話が多いですね。こちらは方言や訛りに関したお話が多いようです。

アメリカ人との英会話にも方言を混ぜてしまう逞しさは見習いたいところです。

パソコンのカタカナ言葉の勘違いも笑えますね。

本人は一生懸命なので、しっかり教えてあげましょう。

ちなみに私のパソコンの「ごみ箱」は「チリ箱」という名前に変えてあります。

第3章　沖縄のワジワジ話

車社会・オキナワにて

✉トリコロールさん

朝のラッシュ時間の渋滞の中、後ろから来た車に追突されました。路側帯に寄せて車体を確認し、キズは無かったので安心していたらぶつけたオジサンは謝罪の言葉も無く「ダイジョウブ！　キズないのに～」と笑顔で。私は「あんたどこ見て運転してんの？　人の車にぶつけて何笑っているの？」と。

するとオジサンは「あんたの車は行ったと思ったさぁ」と一言。**オジサンあんたは想像の世界で運転してるのぉ？？**　ここは現実世界だよ。とりあえず一通りの連絡先を聞き車両番号と免許証番号を聞こうと免許証を見せてもらおうとすると、オジサン車中どこを探しても免許証は出てこず。「どっかに忘れてきたさぁ」と。

再び私の怒りは頂点に達し爆発。「じゃあ、警察呼ぶから待っていて」。やっと自分の状況に気づき、現実世界へ戻ってきたオジサンは驚きひたすら謝りましたが、遅すぎです。オジサンあんたはやっぱり想像の世界に行った方がいいよ。と思いながら警察を待ち、到着した警官に状況を話し、警官にお灸をすえられるオジサンを横目に私は再び車を出しました。

✉毒島さん

沖縄市美里の十字路で信号待ちをしていました。目の前の車が通りすぎるのをボーと見てましたら、キレイな女性の車が通るのを見ました。年は20代でしょうか、キレイだな～と思っていました。でもよく見ると**携帯を耳と肩で挟んで、両手にメモとペンを持っていました。**ビックリしました、本当に口が開いてしまいましたよ。

✉名前なしさん

高速を北上していた時、私の車の前を軽のレンタカーが走っていました。すると右車線から、薄いブルーメタのソ◯ラが私とレンタカーの前に割り込んできました。そこまではよいのですが、そのソ◯ラがピッタリとレンタカーに付いてあおっているように見え、そのレンタカーもそのうちスピードを上げ、2台は見えなくなりました。しばらく走っていくとさっきのソ○ラとレンタカーが路側帯に停まっていました。ソ○ラの屋根には赤燈が……そうです。**ソ○ラは覆面パトカーでした。**私が見る限りではレンタカーは最高速度を守っていました。あおられるまでは……。沖縄県人として恥ずかしくなりました。

✉ **atabitiさん**

朝出勤していつもどおり、同僚と二人で事務所前の歩道を掃除してたのですが、どこから現れたのかそばに見知らぬ「オバチャン」(4、50代どこにでもいる感じ)が立ってて、一言**「車が動かない……」**って言うわけですよ。

同僚が「それはお困りでしょう、ちょっと見てみましょうか」と言って二人して「オバチャン」について職場から程近い駐車場にとめてる「オバチャン」の車の所へ行き、車のエンジンルームを見たり、押しがけしてみたりでスッタモンダで時間にして2、30分程、晴れてエンジン始動、と思いきや例の「オバチャン」はスッと車に乗り込みサッサと行ってしまったのです。後に残されたのは排気ガスと、汗だくで油で汚れた手の男二人……。

いくら急いでいても、この場合**「ありがとうございます」の一言はあっても然るべきでは?**赤の他人が貴重な時間を割いてくれたのだから……。会釈さえ無かった。あまりの事に、二人してボー然、いったい今のは何だったんだと話しながら通常の業務に戻ったのです。

✉ **シュレイさん**

車間距離をつめられて、いやな気分になった人は、た～っくさんいると思いますが、自分の場合は最近ある対処法によってちょっとばかり良い気分になったりする事もあります。それはズバリ!**「左によって、さっさと抜いてもらう!」**これです!こうして追い抜いてった車のほとんどが、「譲ってくれてアリガト～」の合図をしてくれますよ。実は、自分も急いでいる時(たとえば、トイレしかも大が危ない時・仕事の約束にギリギリの時・etc）に譲っていただいて非常に助かった事が何度も有ります。ホントは、余裕を持った時間に出発して余裕を持って到着すればいいんだけど……。**「飛ばすのもいいけど運転に気をつけてね〜」**と、思いながら譲りまくっております。前の車も後ろの車も意地を張り合ってると精神衛生上よろしくないですよ〜ん。

タクシーのワジワジー

✉夏子さん

雨と風が結構強かったので、目的地まではそう遠くはなかったんですが那覇空港からタクシーを利用する事にしました。「近くて申し訳ないんですけど、〇〇までいいですか?」と言いつつ乗車したところ運転手が**「言い方がおかしいだろ。**もう乗ってるんだから、いいですか? じゃなくてお願いします、だろ」と言ってきたんです。「あんたには常識が無いのか? 『〇〇までいいですか?』と聞く時は乗車する前に言う事だろう。あんたはもう乗車してるんだから『〇〇までお願いします』と言うのが普通だろ? 学校で教わらなかったのか?」と、半笑いでものすごくカンにさわる言い方をしてきました。その後もずーーーーっとひたすら大声で説教&喧嘩腰。さすがにわじわじ〜してきて「あなたはお客に対してなんですか、その言い方は。仮にも接客業でしょ⁉」とキレたら逆ギレされ「客とか金の問題じゃない。常識の問題だ‼」と怒鳴られました……常識ないのはお前じゃーーー‼ と叫びたかったのですが我慢しました。これ以上同じ空気を吸っていたらせっかくの旅行が台無しになると思い途中で降りました……風雨の中。

✉りささん

先日女子短期大学の横から329号線に出る小道を通った時のことです。一通の小道なんですが、タクシーが横に幅寄せもしないで（気持ち横に止めているって感じ）止まっているのです。ミラーを閉めて1センチずつ動かしてもこするかな? くらいだったので、クラクションを鳴らしました。5分くらいするとタクシーのおじさんが出てきたのですが、「はーっし。こんぐらいで呼ぶなよ！　うり！　通れー！」っていうのです。私が動いてこすったら私の責任だし、タクシーだと修理費、時給もろもろ取られますので、「通れないのでどかして下さい」って言うと「はあー!?……（無言で近寄ってくる）**早く通れ！　うり！**」っていうのです。こわーーー！
　だけど勇気を振り絞って「どかしてください」というと、舌うちをしてどかしてくれました。普通、「すいません。すぐどかします」じゃないですか？　すごくこわかったですが、通れないものはしかたないですよね？

バスのワジワジー

✉**サボテン娘さん**
　あるバス会社さん、運転よりも言動が恐い……。交通量の多い道路で右折したかったので、中央線よりに車寄せたら、対向から来たバスの運転手に、**「寄り過ぎなんだよぉー」**ってわざわざ止まってから言われました。それからもうひとつ……。他の交差点での事なんだけど、私は左折したかったので、減速して歩行者とか確認していたら、後ろのバスがクラクション鳴らすんです。それもハデに！「おらおらおらぁ～、どけぇ～」って感じじゃないのかな？

✉**キティーちゃんさん**
　先日、帰りのバスに乗り出口のすぐそばに座りました。あるバス停で乗客を降ろすために停車。1人降り、その後ろから80歳くらいのおばあちゃんがゆっくりステップを降りていて最後の一段、というその時、なんと！　バスの扉が閉まったんです!!　**顔のまん前で扉が閉まり**おばあちゃんはもちろん、まわりで見てた人が「あぶない！」って言ってやっと運転手は気付き扉を開けました。明らかに運転手の不注意なのに、運転手は謝りの言葉一つありません！　おばあちゃんも「あいやー、この運転手よー！」って呆れて降りて行きました。

さんぴん茶さん

私の友人の知り合いの女の子が、学校から帰るバスでいつも同じ運転手から嫌がらせをされているのです。料金をはらって下車しようとすると、「お前、**ガキのくせに**那覇まで毎日何しに行ってるばー。俺は仕事なのにいい身分だな」とか、「お前はどこの人か? 何人か? 変な顔してるな」等と毎回言われるようなのです。無視して降りようにも、ドアを開けてくれないらしいのです。

加えてこの子が下車するバス停は終点に近く利用者もまばらなことを良いことに、平気で運転中にタバコも吸うというこの**悪態は許せません。**お陰でこの子はこの運転手のことが怖くて、この運転手がいるとバスに乗れず、また、一人でバスから降りるのが怖くて泣いてしまうこともあるようです。犯罪(暴行罪)というくらいの行為ですよね。

お店でムカッ!

ロバートさん

ある居酒屋でのこと。友達3人と飲んでいると、店員さんが下げようとしていた空の**ジョッキが手から離れて、私の友達の頭の上に落ちました。**そのジョッキは頭にあたったあと、隣にいた私の前にあった皿の上に落ちて、その**皿がコッパみじんに割れました!!** 破片は席の全体に飛び散り、掘りこたつの足下にも破片が飛び散ってとってもあぶない状況に……。

店員さんはすぐにおしぼりで処理をしていましたが、ただテーブルを拭くのみで足下の破片はそのまま。私たちが破片を拾っているのも見て見ぬふりで……ただ何度か謝っただけでした。ジョッキがあたった友達の頭には大きなたんこぶが残り、せっかくの週末が台無しでした。その後、店員さんはポッキー(300円)をお詫びにともってきましたが、友達のたんこぶが300円のポッキー?? と思い、とても納得がいきませんでした。

porikoさん

いつもの居酒屋ではなくて、ちょっと気分を変えて別の居酒屋へ友達が予約の電話をしたときの話。日時をいって人数を言ったとたん「もあいですか？」って聞かれ「はい」と答えると、**「女性のもあいはお断りしています」**とのこと。理由を尋ねると「時間がはっきりしないので」だって。たぶん12月のかきいれどきに対して飲みもしない主婦が集まってタラタラと場所と時間をとると儲けが少ないから店長から断れって内々で話があったんだろうけどまともに言うなんてバイト生？だったのかも。

これを聞いた私たち主婦軍団は職場でも話を言いふらしたさあ!! 怒りのほとぼりもさめた頃、予約すると今度は時期的に余裕だったのかＯＫで、お客も私たちよりもずうっとおばさんたちでにぎわっていました。**主婦をなめるなよ!!**

✉ **ぷりんさん**

これは7年くらい前、居酒屋で10人くらいで飲んでいたのですが、注文しながら紙に注文した物を書いていたんです。で、いざお会計になったとき5000円くらい請求された金額が多いんです。つきだしとかを考えても異常に多いのでお店の人に言うと、しばらく中でひそひそと話して「予約をしたので一人500円いただきました」って今考えたのがばればれなんです!! すごいむかついたのですが文句を言う事が出来ず払いました。こないだもカラオケ屋で友達3人で行って2時間いてあまり飲み食いしないようにしていたのに7500円だったんです。で、レシートをみたら最後の3つが頼んだ覚えのないもので、店員に言うと、**ばれたーみたいに**まわりの店員もみんなしらんぷりであやまりもしませんでした。皆さん気を付けてくださいね。酔っぱらっていると思って、ぼったくろうとする所もありますよ!!

✉**えくぼさん**

先日、ガソリンスタンドで２０００円分お願いしたら、暫くしてその担当した人が「すいません。満タン入れてしまいました」と言って来たので「はぁー」と思っていたら「２０００と数字を入力するのを、**間違えて2000と入力した**ので満タンになってしまった」言っていました。まぁ別に間違いは誰でもあるので、あまり気にしないでGSをあとにして友人にその話をしたら「あー、あのGS。私も何度かある」言って「最後のときは余分に入れた分を抜かせた」とも言っていました。それ以来、そこのGSは使っていないそうです。これって、もしかしたら??

✉**ズーズさん**

某中華料理屋に行った時の出来事。店員はみんなバイト生かと思うほど若い。客がいるにも関わらず、大声で笑ったり私語が多い……とりあえずご飯を食べ終え支払いに行くと……。なんと**調理場で堂々と髪の毛を洗っている**ではないですか!!しかも超シャンプーバリバリで女の子が洗ってあげてる!「ガーン!」こんな奴が作ってたの!?たいして美味くも無い（ごめんなさい）のに、こんなに衛生も悪い。かなりムカつきました。

✉**mi-yaさん**

女友達と二人で那覇市の某居酒屋に飲みに行ったんです。その時にお店のオーナーさんが色々サービスとかしてくれて、しばらくしてオーナーさんも一緒にカウンターで飲みはじめました。閉店の時間になったので勘定しようとしたらオーナーさんが「今日は僕のおごりですからお勘定は結構です」っておごってくれたんですよ。

で、そこまでは良かったんですがその後友達の彼氏がお店まで迎えに来てくれてて３人で帰ろうとしたその瞬間!!　オーナーの顔色がみるみる変わっていって**「何だお前!!」**って友達の彼氏に殴りかかって来てケンカになっちゃったんですよ。びっくりした二人はお店の板前さんを呼んできてケンカを止めてもらったら今度はオーナーが厨房へ走って行って**包丁**を取って私達めがけて走ってくるんです。びっくりした従業員の女の子達が

「逃げてーー!!」って叫んで危機一髪お店のドアを外から締めてオーナーを中に閉じ込めて急いで警察を呼んだんです。

で、やっと警察が来て（警察が来るまでの間中オーナーは店の中で大暴れ）事情聴取が始まったんですが、警察官はその場をおさめたかったらしく**「君達も今後この店を利用しなければいいだけの話でしょ」**って言われて無理やり和解させられたんです。もし刺されてたらどうするのよ!! って感じです。二度とあんな店なんか行きません。

お客のマナー

✉ヒカルさん

僕はあるステーキ店でバイトしています。別のバイトの人が、うっかりステーキをお客さんの目の前に落としてしまい、そのお客さんは火傷してしまったんです（っていってもそんなにひどくないんですけど）。ここまではバイトの人がわるいんですが、そしたら店長呼ばされて**「飲み物全部タダですよね～？」**っていうじゃありませんか!! 結構ビールとかコーラとか頼んでた上に、さらにどんどん飲み物注文してくるんですよ。というかかなりの量残してましたからね。そして今度は**「全部ステーキもただですよね～？」**っていってくるんですよ。もちろん文句はいえないので全部ただになりました……。15人分の合計額3万900 0円。二度と来てもらいたくありません。

✉ちむどんどんさん

ブライダル関係に勤める友人から聞いた話ですが、あるご家族がウエディングドレスの下見にいらしたそうです。お子様連れだったそうで、お母様が相談中に子供たちがドレスの下にもぐって遊び始め、ドレスをひっぱったりふんづけたりしたので、スタッフがやんわりと「あっちの方で遊ぼうね」と言って衣装室から出したそうです。それから幾日かたった後、**「うちの子供をしかって絶対許さない！ 覚えてろ」**みたいな内容のハガキが届いたそうです。怖いですね～。

✉ろろろさん

大型スーパーにお出かけしたんです。土曜日ということで、食品コーナーのレジも人がたくさん並んでました。私が順番を待ってると、隣のレジにカップルが並びました。待つの嫌そうにしてて、ちょっとイライラしてる感じ。そしてレジの張り紙を見て、男の方が「えー、自分で袋詰めすんのー?」といかにもいやそうな感じで、周りと、レジのお姉さんに聞こえるように言うんです。そして……

レジのお姉さん「お箸は何本お入れいたしますか?」

男の人「こんな箸いらんわー!!」(めっちゃ大声で!!)

この声にびっくりして、振り返ると、男の人は怒って、レジのお姉さんに文句言ってるんです。はっきり聞こえなかったけど、多分、**死ねやー**みたいなこと言ってるんです。レジのお姉さんは、「はい、申し訳ありません……」っていうんですよ!! あなたが謝らなくてもいいのにぃー! と私はフツフツ状態!! この男の人はレジのお姉さんを睨みながら袋詰めしてました。人間として恥ずかしいなと思いました。あの時のレジのお姉さん、**へこまないで、元気だして頑張ってね!!**

✉よーちん。さん

映画の招待券を頂いたので彼氏と一緒に行った時。映画が始まり1時間程たった頃でしょうか、暗いはずの館内でなんだか光が……横を向くと通路を挟んだ隣の人が(5、6席向こうの女性)**たばこを吸っている**じゃありませんか。前の手すりに足も上げて……あまりの唖然で言葉も無かったです。その人はジュースの空き缶を片手に短くなるまでたばこを吸ってました。映画の途中で退席していきましたが、一緒にいた子が可哀そうでした。隣でけむいと手で煙を払いながら見てました。満席ではなくあまり周囲の目がなかったとは言え、後ろの人は煙でスクリーンがよく見えなかったハズ。なんの為に外に喫煙場所があるのか。はぁ……今思っても考えられん出来事です。

成人式なのに

✉ soul-tea さん

自分も今年成人をむかえました！ 今年もたしかにけっこう暴れてましたね！ 実は那覇の国際通りで暴れてた人達は自分の友達なんです！ たしかに成人は暴れすぎだと思うし、いけない事だったのかもしれません！ だけど、そんな暴れ成人も許してほしいです！ みんなうれしいんですよ！ あと、中学校とかの懐かしい友達ともあったりしてるし、20歳になって、酒とか解禁なったたし、もう親にたよれないし。成人になったことだし、これから**みんな社会に出るから大変な生活が待ち望んでるってどっかでわかってるんですよ！** だから、1日ぐらいちょっと楽しませてあげてください！ あんな、暴れてた人達も、普段は仕事や学校でいろいろストレスたまってがんばってる、いい奴ばっかりなんですよ！

✉ さくらさん

確かに成人になってうれしいとか騒ぎたいのもわかります。が！ 人に迷惑かける事に対してまで容認することは私はできません。成人式を迎えて昔の友達と久しぶりに会って一騒ぎしたい気持ちも解りますが、そこは成人になった人なんだから……もうちょっと違う形で成人になった事を祝う事を考えてみてはいかがでしょう？？ 国際通りで爆竹を鳴らしたり警察官の方に暴言を吐いたりいくら**お祝いだからってやっていい事と悪い事の区別はつく**はずです。誰にだってストレスはあります。成人の日という晴れの日に一部の人達のためにおもしろくない思いをする人が出てくるのはとても残念な事だと思います。

子持ち2さん

私には、5歳と7歳の子供がいます。テレビニュースの成人式の場面を指さし、「あの怖いお兄ちゃんたちはどうしたの?」と聞くので、**あれはこれから悪い人になっていく人のパレードだよ、**レストランでお皿たたいて遊んだり、映画館の中で走り回っているとああなるんだよ、と教えました。いわゆる反面教師です。あのお兄ちゃん達のようになりたい?と聞くと2人ともいやだ!と言ってくれました。どうせやるのなら、**羽織袴で国際通りの端から端までゴミ袋片手に掃き掃除しまくるような目立ち方のほうが、粋ってもんでしょう。**それなら子供たちにも「見た目じゃなくやってる事が大事なんだよ。それが沖縄の大人さ」と言ってあげられるのに。

ふらんしすこさん

私はあの日、国際通りのスタバでお茶していました。するとはかま姿の軍団がやってきて、交差点や道路にビールを振りまいていました。周りにいた人にもかかり、なかには**小さな子にもビールがかかり**大変そうでした。また歩道でアクセサリーを売っていた人の商品にもビールがかかったらしく、一生懸命ふいていました。スタバのお姉さんも店のまわりかたづけてましたよ。これだけ迷惑をかけておいてそんなにひどいことしていないって思うことが悲しいです。成人式を言い訳にして騒いでいて迷惑かけるのは私は許せません。またそのことで沖縄全体が低レベルに見られてしまうのが悲しいですね。

最近の若者は……

トミコさん

私も最近の口癖は「最近の若いもんは〜……」です。私の住むマンションは、中学校のすぐ近くにあるせいでヤンキーがたむろするし、タバコすうし、ゴミは散らかすし、落書きまでするし、あげく**女の子がまでもが「たちしょん」するし!!**全く、世の道徳はどうなっとんじゃぁぁ!と思ってしまうことばっかりです。

✉**なっちょんさん**

とまりんの近くを歩いていると後から「チリンチリン」と自転車の呼び鈴が聞こえました。異常な鳴らし方で何回も何回も鳴らすんです。私はちょっと頭にきて後を振り返りました。

するとずっと遠くからあきらかに私に向かって呼び鈴を鳴らしているのです。呼び鈴の主は小学生でした。

す、すると私に接近してきてちょうど隣になったとき、突然そのガキが私の**顔に向かってツバ**を吐いたのです。し、信じられん……。もし、その後、仕事がなかったら、私はそのガキを追いかけて警察に突き出し、その母親を呼び出して「どういう教育をしているの！**子供も教育できないくらいだったらSEXするなー！**」と説教したいくらいだった。

✉**就活中っよ！さん**

大学の4年生で、企業の合同説明会に行ってきました。企業の数同様、たくさんの学生の数にもビックリしたのですが、それよりも何よりも、あまりにも自覚のない学生達にも唖然としてしまいました。まず、**アフロ**の人はいるは、**でっかい口ピアス**（質問しづらそう）する人はいるは、女の子は女の子でキャバクラかってくらいの**バリバリのメイク**（マスカラ塗りまくり、香水つけまくり、髪のセットもバッチリ、もちろん茶髪・金髪）の人はいるは、スカートのたけが短い人もいっぱいいるは、もう、とにかく、はい？？？ っていう人がいいいいいいいっぱいいたんです。企業の方は忙しい中、このような機会を学生のために作っていただき、ある企業は、お昼休み返上で一生懸命学生に対応してくれてました。そのような光景をみていると、これから同じ社会人をめざす学生として、なにより同じ沖縄人として、ものすごく恥ずかしい思いをしました。

✉**ともちゃんさん**

先日公園へ遊びに行った時の話です。公園の脇に60代後半のおじさんがボロボロの服を着てダンボールの切れ端の上で横になっていました。するとそこへ10歳位の男の子3人が来て、そのおじさんめがけて空き缶を5、6個投げつけたんです。おじさんはびっくりして飛び起きたんですが、その空き缶の中にまだ飲み物が入っていたらしく服はひどく汚れ、眉毛の所から少し血が出てました。でもおじさんは怒鳴る事もなく散乱した空き缶を集め、ゴミ箱へ入れていました。

　私はこの子供達に向かって「あんた達何してるの、おじさんに謝りなさい！」と注意しました、その時、私の後ろから2人の女の人がいきなり怒鳴って来たんです。**「何の権利があって私の子供の事叱っている」**と言われました。事情を説明すると、「このおじさんはホームレスであんたには何の関係もないさ～、こんな所に寝ている人が悪いんじゃない？」とも……。「このおじさんがどんな事情でここにいるとかいないとかじゃなくて、良心のある者だったらこんな事絶対出来ないと思うし、自分の子供がそういう事をしたら自分はその場でちゃんと叱って、何故いけないのか説明してちゃんと謝らせる」と言い返しました。するとその女の人はナンギ～って感じの態度で、**「いんじ～、このおばさんが怒っているから**あんた達は悪くないけど何されるか分からんから一応ゴメンナサイしと～きなさい」と大声で周りに聞こえる様に子供達に言いました。

　その家族は結局謝らずに帰って行きました。あんな冷たい事をした子供達を「悪くない」と言い張ったお母さん達に本当にワジワジ～しましたし、あの子達は将来どんな大人になるんだろうと思うとゾッとします。どんな大変な世の中になっても、人を思いやる気持ちは忘れたくないですよね。

子育て、きちんとしてる？

✉ **名前なしさん**

　スーパーで買い物をしてトイレに行くと、そこで決まって、**「おわった～。おか～さ～ん～」**の声がします。私は用を済ませ手を洗って終わるまで、お母さんらしき人は来る様子なく、子供は叫びつづけます。私は声をかけ、「お母さんと一緒にトイレきたの？」と聞くと、「買い物するから一人で行けって～」の答え。「自分でふける？」と聞いて、「できない」と答える子は私は拭いて、その子をトイレから出します。拭いてる途中に親が来ることもあります。来た親は、お礼を言うどころか「自分でふけ!! 拭けないならここでするな!!」と怒ったり、無言で去る親とさまざまです。排泄は自然現象ですよ。なぜ、それを怒るのか不思議です。事情はあるにせよ、3、4歳の子を一人で行かせるのはどうかと思います。親が責任もって子を見てあげて欲しいです。

✉ Reさん

最近私が目にしたわじわじ～な光景……多分、まだ3、4歳ぐらいの子供でした。デパート内を走り回っていた拍子にうっかりそこを通りかかっていた大人の足をふんでしまったみたいなんです。なんと、その大人は大きな声で、「いた～い!!」とその子の**背中を平手でバーン**と打ちその場でうずくまって**嘘泣き**を始めたのです。ありえない光景でした……。しかも、その女性には、子供がいたのです。言葉で注意をすればすむ事に手を出したあげく、泣きまねをするとは……あきれ果ててしまいます。また、そんな人が子育てをしているなんて……。

足を踏んでしまった子供はあっけにとられていて……ショックを受けたのではないのかと心配です。

✉ 我が子にはさせないぞ!さん

モノレールに乗るたびに気になることがあります。それは靴をはいたまま、椅子に立ち上がったりする子供と、靴を脱がさない親のモラルです。観光客だったケースは私は一度も見かけず、全て地元の人でした。

席が空いたからと、さんざん子供の靴でふみつけられた座席に座るのは非常に嫌な気分です。ビニール製の椅子等と違い、布張りなので汚れもいっそう染み付いているように感じます。

ごく一部の非常識な人しかやらない事です。子供に悪気はないのだから、そういうことこそ、親が教えてやるべき事と思うのですが。もしこれをユイレールの会社が目にしていたら、乗車マナーとか決めてほしいですネ。

米軍基地のワジワジー

✉BUSTERさん

基地内のさまざまな「無駄」には見てて腹が立ちます！ TV、エアコンなどの電気系は1日中年中付けっぱなし……あなたたちが控えめにしてくれたらどれだけの「節約」になることか！ 莫大な公熱費……「思いやり予算」から出てる……**こんな思いやりしなくていい**って感じです。所詮、よその国の金なのですねぇ。そもそも基地がある限り日本はこれをずっと払って行くのでしょうか？ 不服です。

✉hana♪さん

現在、基地内に住んでます。光熱費が無料というのは本当に助かってます。ただ、ウチでは、付けっぱなしなんて絶対にやってません。エアコンも、ほとんど使わず（夏のかなり暑い時期のみ）窓を開けてます。うちの主人はタダだから、無駄遣いするのは嫌いなのです。なので、TVも見るときだけ。水も必要な時だけ。また、**基地内のTVで節約に関する（水など）CMも流されてます。**確かに、BUSTERさんのおっしゃるような生活をしてる人も多いかも知れませんが、そうでない人もいらっしゃいます。決して国民性ではありません。いろんな方がいらっしゃいます。ご立腹のこと察しますが、そうでない人もいるということをご理解いただければと思いました。

✉パンダガナンダさん

私はうちなーんちゅで、アメリカ人の夫がいます。彼とはイギリスの大学院で知り合い結婚しました。沖縄を観光で訪れ、主人と友達で那覇の某ディスコへ遊びに行った時の事です。入り口で料金を払おうとしたら**「外国人は入れません」**との事……耳を疑いました……「意味がわからないのですが」と言うと「外国人は色々問題を起こすので……ちょっと」との事？？「以前にどこの誰が暴れたかはわかりませんが、それが私達に何の関係があるのですか？」と言ったところ「とにかく外国人がダメです」との事。私は主人や同僚に対してウチナーンチュとして恥ずかしくて悔しかったです。沖縄は巨大な米軍基地を抱えて長い間、米兵からの迷惑行為に悩まされて来たと思います。**だからと言って観光客に対してこんな仕打ちはないと思います。**沖縄に滞在している米兵にもたくさんいい人達はいますよ！　何人かのアメリカ人が悪い事をして、アメリカ人はみんな悪いみたいな印象を持つのはどうでしょうか？

✉**杜若さん**

私の友人に沖縄市でクラブを経営している方がおります。そこは外国人の入店はOKなのですが、外国人はやはり問題を起こす方が多いのだそうです。問題を起こせば警察を呼ばなくてはならなくなる場合もある。**警察を呼べば「営業停止処分」を受ける場合だってある。**それが1回、2回の話ではないのです。自分が経営者ならお断り申し上げるのは致し方ないのではないでしょうか？　入店を拒否されたことに対してご立腹される前に「同じ外国人として」問題を起こした同じ出身国の人に対して恥を感じるべきだと思います。私は仕事で法律関係に携わっております。新聞紙面に出てこないだけで色々あるのですよ。「外国人、入店お断り」の裏には**長年に渡って蓄積された不祥事**があったことをご理解頂ければと思います。

人にやさしく

✉**キャミさん**

この前某大手スーパーに買い物に行った時、駐車場へと帰ってみるとなんと5台ほどある障害者用駐車スペースのすべてが障害者マークのついていない車両が止まっているではありませんか。しかも今まさに、いかにも健康そうなおばちゃんが駐車している！　信じられず、また恥ずかしくなりました、人間として。こういうことをしている人、直ちにやめて下さい。

✉まことさん

最近、私も障害者スペースに簡単に車を置いてしまう心ない人たちをよく見かけます。私も障害者です。手帳も1級所持してますが、**内部障害なので傍目には障害者に見えないかもしれません。**幸い自分で動けますので、私自身は障害者でもそのようなスペースに車を置く資格はないような気がしますし、実際置いたこともありません。私と同じ病気の患者仲間でも「せっかくあるんだから（身障者のスペースは）どんどん利用するよ」と、言う人もいますけど、私は賛成しかねます。身障者でもそれなりに気ぃ使うんですよ。生意気言ってすいません。

✉名前なしさん

私のいとこは障害者用品店でステッカーを買ったと言ってました。彼女は、0歳と3歳の子がいて買い物も大変だっていうので仕方ないのかな？とも思いました。でも、障害者ではないので不正使用といえば不正使用ですね……。もちろん子供が大きくなればはがさないといけないと思います。**障害者用だけでなく、小さな子供連れ用があればいいのにと思いました。**

✉ろこさん

いとこに小さいお子様が居て買い物が大変で身障者マークを付け身障者スペースに駐車してるとのことですが、本当に腹立たしくやめてほしいと思います！私は車椅子です。身障者用スペースに車を止めます。健常者の方が駐車して止めれないこともよくあって、その時は仕方なく一般車両の方に止めますが**乗り降りがとても不便です！**小さいお子様が居ると車の乗り降りが不便なのですか？絶対にそうではないと思います。全然ハンディーキャップを持ってる人に対しての思いやりがありません。車椅子の人は限られたスペースでしか普通に乗り降りできないのです。

✉cospaさん

私も年子の小さい子どもがいます。買い物は本当に大変ですが、だからと言って身障者スペースに駐車することは絶対にしません。**自分なりに工夫して買い物をすればいいと思います。**うちは早寝早起きを習慣づけているので、20時までには寝かしつけます。その後主人に子どもは見てもらい買い物を済ませれば、子どもを連れて大変な思いをしながら買い物をする必要は少なくなります。どうしても子どもを一緒に連れて行かなければならない時だってあるとは思いますが、**身障者スペースに駐車する行為は「アウト」です。**

✉**名前なしさん**

私の旦那も警備員をしてたことがあって、障害者専用スペースでのトラブルは結構あったみたいでしたよ。障害者ステッカーがついてないと障害のある方かどうかがわからなかったために、注意したら嫌な顔をされたこともあって、そんなときはなんとなく後味が悪くって、ちょっとへこんでました。**第三者には障害者用ステッカーだけが障害を持ってる方が乗っているかどうかの最初の判断基準なんです。**それがあれば優先スペースにスムースに誘導してあげられるのに、と旦那も言ってました。つけたくない無い理由がある方もいらっしゃるとは思いますが、その辺も理解してあげてください。

✉**身障者の家族さん**

(不正使用している人に対しては、非常に腹が立ちますが!!)具体的な事例は、**改善のヒント**に繋がります。

1「健常者が、障害者用品店で身障マークのステッカーを買い、身障用駐車場を使用している」という事実。↓県身障者協議会が県に働きかけて「身障ステッカー購入の際には、身障手帳で本人確認する」よう身障者専門店に指導する。

2「障害者用だけでなく、小さな子供連れ用があればいいのにと思いました」という建設的な要望。↓子育て支援の一環として、「赤ちゃんマーク」で大手企業から取り組みを。

どんどん改善できるヒントが、この話の中には沢山あると思います。身障者にも、支える家族にも気分転換に**気軽に外出を楽しむ環境が欲しい**と思います。

地球は灰皿か!?

✉ **ラヴリィmaskyさん**

この前、車一台がやっと通る道でヤンキーのような対向車がこの路地曲がって直ぐにを道を譲ることなく来るんですよ。向こうはチョッとバックすれば済む所をクラクションまで鳴らされて、こちらが10メートルほどバックをして、その対向車を譲ったのに挨拶もせず、通り過ぎるんですよ！そのときですよ！右のドアミラーを見ていると吸っていたタバコを車に投げつけたんですよ。

ワジワジしながら、そのまま走っているとなにやら後部座席から変な匂いがして見てみると**シートから煙が！**慌てて飲みかけのさんぴん茶をかけて、鎮火！気がつかなければ、**かちかち山のたぬき**の様になっていたかもしれません。

✉ **ぽちゃりんこさん**

今日ルンルン気分で運転中、前から**コンビニの袋が……！**「道にゴミ捨てるなんてやぁね〜」なんてブツブツ言っていると、次に**肉まんを入れる紙**がっっっ!!!

よく見ると、前を走行中のバイクの後部座席に座っている女の子が悪びれもせずポイポイゴミを捨ててるんです！クラクションを「パッパッー!!!」と鳴らしました。その女の子はチラッと後ろを振り返りましたがすぐに何も無かったかのように肉まんを頬張ってるんです。バイクに乗るくらいの年齢なんだからもっとモラルを持って欲しいです。

✉ **アイちゃんもビックリさん**

五月下旬のある日、とよみ大橋の下の歩道をランニングしていた時の事です。時間は暗くなりかけた夜八時ごろでした。歩道を走っていたら、前方の草むらの辺りから、

ブン、カツーン、シューーーーー。ブン、カツーン、シューーーーー。

その音の発生地点に目をやると、な、な、なんと向こう岸の**漫湖公園に向かってゴルフの打ちっぱなし**をしてるおやじがいるではないですか。多摩川にいる河川敷の禁止区域でゴルフの練習をす

るおやじ達を思い出しましたよ。沖縄にもこんなおやじが……。

このおっさん、人が近づいてきたら動きをピタッと止めるんです。通り過ぎてしばらくするとまた、ブン、カツーン、シューーー。人がいなくなるとまた打ち始めるんですよ。人の目が気になるんだったら、やらなければいいと思うんですが、アホおやじの脳みその中はわからないですね。

ちなみにこのおっさんがゴルフボールを打ち込んでいる場所は、水鳥の生息地をはじめ多くの生き物の生息場所として国際的に重要な湿地に関する条約、**ラムサール条約で日本では11番目に登録された干潟の地区**です。

✉あわわさん

ごみのポイ捨て問題、なかなかなくならないですね。捨てた人が恥ずかしくなるような対処方法ないでしょうかね。と、思って考えたんですが、(信号待ちの車からのポイ捨てに限定なんですが) 捨てたものを拾って、そのひとの**車のワイパーとかに引っ掛けて返したら**どういう反応しますかね？ 運転席から手が届かない場所に戻すのがポイントです！ わざわざ車から降りて再度すてる勇気(ふてぶてしさ) を持っているでしょうかね。こちらも勇気がいるのですが、機会があったら試してみたいです。県民としてこういう行為が流行ったら、恥ずかしくてポイ捨て出来なくなると思うのですが。

✉ちゅらさん最高！さん

こっこさんの**ゴミゼロ**企画の番組を見ました。何だか涙が止まらなくて悲しくなりました。私もこっこさんも皆様も同じ沖縄大好き人間。素敵なものをたくさん持っているこの島をみんなで大切にしなきゃ！ と強く思いました。

私も最近からなんですが、海辺のゴミ拾いしてます。食べかけのお弁当、釣り糸、タバコ、なんだかわからないゴミ……たくさん落ちています。「ゴミを見つけたら拾って」 多分そんなふうにこっこさんが話していたと思います。その言葉を思い出す度にまたまた泣きそうになるけれどこれからもゴミ拾いにいきます。いつかゴミゼロ企画が終了するのを信じて！

ウチナー・ギャップ

✉ **トラスさん**

仕事で日本各地を回って、数年前から沖縄に住んでいます。沖縄の人は働き者というイメージがあったのですが、今の職場の人たちは仕事への考え方が内地とはちょっと違うのです。うちの職場の人たちの言動の一例を挙げると……。

・「おれ、**仕事するのが嫌い**なわけさ〜」と公言し、やるべき仕事を拒否する。
・仕事を頼んでも、数日〜数ヶ月放置される。
・毎日のように**遅刻する。**
・**平気でさぼり、**休暇簿を書かない。
・飲み会や遊びのためには仕事はそっちのけ。**朝まで飲んで、次の日は休む。**

もちろん真面目に仕事する人も居ますが、異常にテーゲーな人も少なくないのです。〈南国独特の大らかさ〉だと解釈していますが、そのフォローを私がやることになるので、笑ってばかりもいられません。

✉ **おこりんぼママさん**

私は主人の仕事の転勤で県外から1年前より中部の某村に住んでいます。引っ越しして数ヶ月後に、自治会の班長とかいうおばさんが区費を集めにやって来ました。

区費というのはなんでしょう？本土には無いものだったので、わけがわからず半ば強制的にお金を取られました。その後、そのおばちゃんは、ことあるごとに家に来て、今日は地区のなんとかさんという方が、火事に遭ったので**見舞い金**１０００円以上払ってほしいとか、**赤十字のお金**を一口５００円以上払えとか、**赤い羽根の募金**５００円以上払え……とか。

断ると、「お宅だけですよ、そういうこと言うのは。みんな、きちんと払ってます！」と、言うのです。一番不可解なのは、地区のお掃除を定期的に行っていて、都合が悪いからと断ると、断る方は**罰金として１０００円頂きます、**と言うのです。自治会長とかいう方に説明を求めたら、「あんた、私を誰だと思ってるの？ 自治会長になんていう口きいてるの？」などと言われ、話にならないのです。沖縄はどこもそうなのですか？ そういうお金でがたがた言っている私がおかしいのでしょうか？

あくびさん

私は市に住んでいますがやはり、区費を払っています。半年分ずつ払って6000円ちょっと。結構痛い金額です。でも、聞くと地域の街灯や清掃活動等に使われはっきりしませんが、区長や書記の給与にもなっているのかな。以前私のトコの**区長が使い込みした？？ という話も。**弔問にも1000円とか、細かいルールが区にはあるようです。那覇市に住んでいるころは区費はありませんでした。

ぴっきーさん

この前お昼にTVを観ていたら、ある番組に、県出身のお笑いのHさんが出ていました。その時Hさんが**「沖縄の人はセミ食べるよ！」**と言っていたのです！ 前にも県出身のYさんもよくセミ食べたとか言っていたし……大阪にいる姉も前に「沖縄の人はセミ食べるの？」って聞かれたそうです。セミを食べるのは自由だが、本土の人を誤解させないでくれって感じです！ 質問なんですけど、セミ食べたことある人っていますか？

しったか～さん

セミは確かに昔は食べていたようです。でも最近のひとで食べたことあるって人、きいたことありませんよ～。TVの人って若い人でしょ～。いわゆるうけうりで話してるんだと思います。おばぁが頭と腹分けて腹を食うって言ってました。個人的には試食したい～!! 想像では食える腹のほうは？？？ だが、**頭はぐるくんの唐揚げのような気もしないでもない……。**

ぽりこさん

セミを食べるとは「食卓に調理してだす」ので

はありません。うちは夏休みのラジオ体操が終わると裏庭になぜか近所の子供がセミを持ち寄り網で焼いて食べたものです。ちなみに私は中部で昭和37年生まれですが、セミを持ってくる人には5歳年下もいましたので昭和42年生まれの人も食べています。だけど、すぐ隣町では食べていなかったらしく、高校の時男子にすごく馬鹿にされました。遊びの一種で**ぱっちーやけんけんぱと同じものです。**本土だっていなごや蛙をたべているんだから別にいいんじゃない？

✉Zombieさん

先日、70歳になるウチのおじいとおばあが約十年ぶりに沖縄に遊びに来ました。夕方頃に腹が減ったので、沖縄料理店に入りました。お客さんの中にはウチナンチュの他にも観光客かナイチャーも沢山いました。注文をして待ってると、おじいが、「ヤマトンチュはうるさい」と文句を言い出しました。「ナイチャーは沖縄に癒しを求めて来てるから楽しいさ。うるさくもなるよ」と、私の発言に、「アンタはもう23歳だろ。少しは沖縄の文化を勉強しなさい」と、おじいは説教を始めだしました。

おじいは子供の頃、沖縄本島に住んでいて、アメリカとの敗戦後、**沖縄の悲惨な状況**を体験しています。敗戦後の沖縄は、アメリカの占領下になり粗末な食べ物や、テントで生活していた。沖縄は米兵士の殺人や強盗、レイプなどの**犯罪が頻繁に起こった。**テントの生活は不衛生で、マラリアが発生、おじいの友達は沢山亡くなった。沖縄の人は正式に琉球から沖縄になったのに、日本からは偏見が絶えず、沖縄出身というだけで、「何語で話すの？」「いつも裸足なんでしょ」と、絶えずバカにされた。米軍基地の自分勝手で危険な訓練。そして沖国大へリ墜落。内地ではこの事故についてほとんど報道する事はなく、小泉総理は訪問した稲嶺知事に「休暇中」と言い、会ったのは事故後14日後だった。

おじいは話し出したら止まらず、**沖縄人が米軍の基地で働くとは何事か！**と、声を荒らげてました。でもおじいは敗戦後の沖縄を豊かにしたのはアメリカだし、基地も沖縄にとってはもう手放せないのも事実だと嘆いてました。

おじいは、アメリカに守ってもらうのだから、**沖縄には、犠牲になってもらおう、でも南国だから癒しを求めに行こうという、自分勝手な考えが嫌いでナイチャーを好きになれない**と言ってました。私はおじいの気持ちがダイレクトに伝わり泣きそうになりました。おばあも時折涙を拭いていました。沖縄県民として、私は何が出来るんだろうと真剣に深く悩む毎日です。

✉自由人さん

沖縄の戦争は終わっているのでしょうか？ 戦争経験者のおじー・おばーは終戦を感じているでしょうか？ 沖縄県の3割は米軍基地になっており、爆音や他国での戦争勃発の際には、必ず昼夜問わず戦闘機が行き来しているのが現状なのです。日本が沖縄県を支えているのはわかりますが、犠牲を背負わせているのも事実です。

いろいろ各県の事情があるとおもいますが、**各県が基地の申入れを受けて頂ければ沖縄の負担も軽くなると思います。**そしてもっともっと観光業に力を入れることができると思います。また、米軍基地がある限りおじー・おばーの終戦はまだのような気がします。好き勝手に言ってすみません。私は本土の方もアメリカ人も好きです……。

✉名前なしさん

自分も沖縄戦に関することで県外の方のごく一部からそういう言葉を聞いてショックを受けたことがあります。「何回か沖縄に行ったことはあるけど、南部の戦跡めぐり、ひめゆりの塔には行かない。気分が暗くなるから。パーッと明るくはじけたいから」「自分は広島出身だけど、沖縄戦なんて広島から比べたら大したことは無い、**原爆が落とされた広島の方が悲惨だった**」

……他にもあります。電話で関東の友人と話していて、冗談で笑いながらののしり合っていたら、「そんなんだから、お前の学校にヘリコプター墜落するんだよ、また落ちてしまえ！」って言われて、その場はサラっと流しましたが、彼も全然悪気は無いと思います。

自分としては、沖縄に来るからには戦跡めぐりをしろ！ とは思いません。時間があれば、出来ればでいいと思います。押し付けではなくて、心から慰霊の気持ちを持って欲しいから。沖縄戦が一番悲惨とは言いません。しかし、戦争の悲惨さを比べることが出来るのでしょうか？ まして、どっちが悲惨かを論ずる問題でしょうか？ 心の片隅に、少しだけ、「沖縄は戦場で、沢山の人の命が奪われた所なんだ。そして今でも癒えない傷が……」という気持ちをもって欲しいです。**わじわじ～を通り越すと、悲しい気持ちになるんですよね……。**

【tommy】

「ゆーれいスポット」と同じく、こちらも車社会を反映したお話が多いですね。交通ルールやマナーに関するワジワジは、みなさんもたくさん体験されているのではないでしょうか。

原因はなんだろう？と考えてみると「ゆとり」がないのかな？と感じています。

気持ちのゆとり、時間のゆとり……。人間にはゆとりが必要ですね。

あと、ごみのポイ捨ても気になります。沖縄の綺麗な景観は資産ですので、ひとりひとりが意識してごみを持ち帰るようにしたいものです。

第4章　島ことばのうわさ話

どぅー、でぃー

凛さん

私は、某高校の図書司書をしています。そこで、知り合った新任の国語教師と、いつものように話していると、突然「どぅ〜」と言ったのです。何のことか意味がわからず、苦笑していると**「えぇっ、知らないの？」**と驚いた表情をされました。それって、そんなに有名な言葉なん？ と聞くと、「みんな知ってるよ〜」と言うのです。明らかに、そこに居た生徒たちは？？？でした（ちなみに私も……）。本当に有名なのか、すっごく疑問です。どうか、その有名度と言葉の意味を教えてください。

もしかしてさん

「どぅー」ですか？ 中学校の頃「**嘘サー**（軽い冗談だよー）」の意味で使ってた覚えがあります。手紙で冗談書いたあと**「Du」とか格好つけて英語に直したつもりで書いてた**……なんか恥ずかしくなってきた。今となっては消えてる言葉でしょうねー……。多分方言というより、学生言葉とでもいうんでしょうか？ その時だけの流行だったような気がします。おじー、おばーは使わないもんねー。面白い事に、アメリカ人が友達からかった時**「ダー!!」**って言ってたけど、そこから来たのかなー？？？ 謎の言葉ですね。

アラジンさん

私は「りぃー」と言っていました。「なーんちゃって！」のような感覚で使ってましたよ。

なでしこさん

「どぅ〜」ですが、わたしが中学校くらいまでは、フツーに使ってました。転校した後の学校も使ってたので、少なくとも10年前は、那覇では使えてました。中学時代よく授業中に書いてた友達の手紙にも、よく書いたり書かれたり。「どぅ〜」とは書かず、「Ｄｏ〜」とか、「Ｄｏｗ〜」とか書いてました。懐かしい！「ワンナイ」っていう、ガレッジが出る番組の前のスペシャルで、**DA PUMPも「どぅ〜」ってやってたん**だけど、あれが分かる人って、少なくなってるんですね……。

名前なしさん

「どぅ〜」、どうやら**首里あたりで使われていたらしく**、学校が道を挟んで、向こう側が首里と言う場所にあり識名、松川、繁多川などからの子も多かったのですが、そこ出身の子らは使っていませんでした。

はちさん

「どぅ〜」の語源としては私達の間では**「どぅびどぅどぅびどぅび〜」**っていってたのが長すぎるので「どぅ〜」になったという説が有力だったです。私もたまにうっかり使ってしまいます。

Babuさん

「どぅ〜！」と言いながら親指を立てて相手に差し出すことも忘れないでね。お笑いのガレッジセールがコントなどで、雨上がり決死隊の宮迫さんをからかったりする時に使ったりしていて、**最近は県外の人でも「どぅ〜！」を知っている人多いです（驚き〜）**。主に小・中学生時代に使っていたと思いますが……。高校卒業後、この話題になると「懐かしい！」って感じになります。それこそ、今の小・中学生って使ってるのかな？
　ちなみに私は今でも使ってます……**ハイッ！　ドゥ〜〜〜！**

やーなれーや ふかなれー

スタ馬鹿娘さん

私は100％うちなーんちゅなんですが、ずっと前から気になる沖縄のことわざがあるのです。それは「やーなれーや、ふかなれー」です。**私が幼かった頃、母親からよく言われていた言葉です。**母親は私が掃除など身の回りのことをしないでいると、よくこの言葉を私に言っていました。「普段からやりなれないことはお嫁に行ってもちゃんとできないんだから、今のうちからちゃんとしなさい」という意味だったのでしょうか？　それとも他に別の意味があるのでしょうか？

✉キティママさん

私もよく親や身内に、さらに小学校の先生にも言われました。多分、それは、ふだん家でしている事は（いい事も悪い事も）外（他）でもついしてしまう！じゃないかな？私の場合、家で扇風機をつける時ついつい足でボタンをおしてしまうんですが、ある日身内の家で皆の前でそれをやってしまったんです。もぉー恥ずかしくて……その時おばさんに**「○○○ーあんたお家でいつもこんなして扇風機つけているでしょ？」**と言われ皆に笑われてしまいました。本当、怖いですよー。

口からシーラいーる

✉こうぷさん

最近CMでやっている「口かららるシーラいーる」の意味を教えて欲しいです。**口からシーラカンスが入っていくイメージ**が頭から離れません。

✉ともちゃんさん

「口からシーラいーる」とは「口から毒が入る」という意味だと思います。シーラとは**「毒」**とか**「悪い物」**だったはず。あのコマーシャルの意味は「毒は口から入って来るから、よく考えて、体にいい物を食べましょう」だと思います。ちなみに、これは私の祖母の口癖でした。

✉SHO1さん

この言葉には、ことわざの「口は災いのもと」という意味も含んでいます。たとえば、人の悪口を言うと後々、自分にしっぺ返しがくるとか、学校に行きたくなくて、「あー、休めるから風邪をひかんかなー」と口にすると本当に風邪をひいてひどい目に遭うなど、**悪いことを口から言ってはいけないと言う戒め**でもあるようです。

一般的には、「人は口から外のものを身体に取り入れるので、酒を飲みすぎたり、食べ過ぎたりして身体を壊さないように、バランスよく食べる様に！」という意味で使われているようですね！

ヤナカジ、フカヌカジ

✉三姉妹さん

ウークイの時にお舅・お姑・おばさん達が言う言葉が、未だに聞き取れません。ウークイで一番最後に、お水を屋敷の外側へ向けてかけながら、「ヤナカジ、フカヌカジ……」と続くのですが、わからないのです。とついで来て、もう十年、まだわかりません。「言えないよ～書いて教えて～」と言っても、笑って**「いちゃんだ、かちぃ～さんさ」**（わざわざ書かないよ）と言って終わります。どなたか教えてください。

✉FUEさん

「やなかじ……」は確か葬儀を出した後に部屋を清めるときにも使う言葉かと。「やなかじ」は「嫌な風・悪霊」を意味すると聞いたことがあります。

シーヤープー

✉ヤイマさん

前々から気になっていたのですが、赤田首里殿内っていうわらべ歌があるじゃないですか？　あのなかに唄われている「シーヤープーゥ、ミーミンメー、ヒージントー　イーユヌミー」で、耳（ミーミンメー）と肘（ヒージントー）は分かるのですが、イーユヌミー（魚の目!?）とシーヤープーがわかりません。よく**身体のあちこちを触って**唄っていたのはおぼろげながら覚えているのですが……誰か教えて下さいな☆

✉ゆうあさん

うちの子供たちがお世話になっていた保育園では夏の夕涼み会で毎年そのわらべ唄を踊ってました。♪し～や～ぷ～♪の時は頭を触っていましたよ。そして♪い～ゆぬみ～♪は人差し指でもう片方の手のひらをちょんちょん、と触っていました。

赤点先生さん

「週刊上原直彦」というホームページに赤田首里殿内（あかたすんどぅんち）の詳しい解説があります。2003年3月20日のエッセイです。

ちなみに「い～ゆぬみ～」は、魚の目ではないそうです。**※編注：「ゐーゆうみー」で、物を戴く、福を授かる歓びを表しているそうです。**

やくちり

ぶーぶーさん

「やくちり」って方言(?)ご存じですか？　意味は、**「やな～」よりもっと悪い意味**です。わたしは気付いたら使っていたってかんじなんですが、最近では全く聞かなくなり、「やくちり」って言葉さえ知らないとかって言われるんです。

kooさん

「やくちり」!!　あたしも使ってました～!!　今では全然聞きませんが、確かに小中学校くらいまでは使ってましたよ～（ちなみに現在25歳）。地区によって使ってないとこもあったりしたようですよ。同じ那覇市内でも知らない友達もいたりして……。これってやっぱ方言なんですかね～？　結構下げる時に使っていたのであまり良い言葉ではないのですが。今度の模合で話題にしよ（笑）。

ビーチャー

デブ～さん

ふとした疑問なんですが……方言でねずみのことを「エーンチュ」って言うと思うんですが、「ビーチャー」は何ですかね？

リュウさん

「ビーチャー」とはモグラみたいな、大きさは10㎝位で口先がモグラみたいにとがっていて、目が見えない？　のか、壁づたいや、地面を這うようにチョコチョコ歩きます。モグラの小さい奴と言った方がいいかも。小学校の頃、運動場の草刈りとかのときによく出没していましたよ。うちは前に飼っていた猫がよく捕まえてきて家の中で放して大変でしたよ。と言うのも**「ビーチャー」はとても臭いんです。**

✉ わしわしさん

「ビーチャー」は和名「リュウキュウジャコウネズミ」のことです。ねずみとなっていますが、**モグラのなかま**です。ですがモグラのようにトンネル生活はせず、ねずみのようにやぶの中によくいるようです。ねずみに比べて鼻がトンガッテいるのが特徴ですね、道路でよく車に踏み潰されているのは大体そうですよ。

✉ 名前無し2さん

「ビーチャー」の話なのですが、私は小さいネズミ（子供）をビーチャーと呼んでいましたが、面白い事に、八重山方面では**たちの悪い酔っ払いをビーチャーと呼ぶ**そうです。

ギンガー

✉ はなはな～？さん

普天間地区で育った私は高校で色んな地域からきた同級生と話をしたときに意味が通じてないということが沢山ありました。甲虫の一種で緑色の「カナブン」というのが普通らしいのですが、私達（普天間の人の大多数？）は「ギンガー」と呼んでいました。**漫画のヒーローみたい**だと笑われましたが、他にも「ナガジュー」は普通にいるそこら辺に緑色のトカゲのことだし、「アントゥカー」はきのぼりとかげの事をさしているのですが全然通じてませんでした。

ピットゥルー

✉ ルルさん

「ピットゥルー」という言葉、どなたか聞いたことがありませんか。沖縄の方言なのか、英語訛りなのかわかりません。ちなみに、ハワイ帰りの親戚のお年寄りが使っていた言葉です。

✉ てぃんがーらさん

ルルさんの「ピットゥルー」は八重山方言で「チャンプルー」の意味のようです。東京で沖縄料理のお弁当を売りに来るランチカーのメニューに**「ソーメンピットゥルー」**ってのがありましたよ～

✉タ〜ケーさん

「ピットゥルー」は音韻からして、沖縄本島の方言では「ぷっとぅるー」にあたると思います。現在、全般的に表現されている「そーみん or そーめん・ちゃんぷるー」は本来「そーみん・たしやー」であり、「わけぎ(ねぎ)」又は「にら」のみを島マースで炒めたものでした。現在はトゥーナーなども加えたため、「ちゃんぷるー」に昇格したようです。また、「ぷっとぅるー」とはそーめんがサラサラではなく、ぷるぷるとくっつくくらいの少し煮込んだ状態のものを指すようです。まあ、**素人がソーメンを湯がき過ぎて作るのも、自然と「ぷっとぅるー」になる**ようです。

パピプペポ

✉バンタさん

私の母が名護出身で、年末は毎年母の実家に行くのですが、おばあ、おじい、親戚一同名護の発音は「パ、ピ、プ、ペ、ポ」です！「ヒーサヌ」は**「ピーサヌ」**とか。おじい、おばあの話聞いてると面白いですよ。

✉サースさん

私もなぐんちゅなので「パピプペポ」よく使います。それは言語学的に**P音考**といわれています。日本語には昔「ハヒフヘホ」という音がなくて、「パピプペポ」だったそうです。それが変化して「ファフィフフェフォ」になり、後に訛って「ハヒフヘホ」となったということなんですねー。沖縄にはそのP音が長く残っていたんですが、他地方とともに変化していったんでしょうね。でも名護にはまだその名残があるんだそうです。ヒサ→ピサ、ヒンギル→ピンギル、などなど。私も今は名護から出て中部に住んでいるのですが、中部方言に負けず名護むにー全開で生きてます！

✉SENさん

友人から聞いた話です。名護でハーリーの練習に参加させてもらった際、内地から来ている太った男性が船に乗ろうとしたら、**「ピザンプネンピラン」**とハーリーに乗っていた地元の方々が大笑いしたそうです。それを聞いた男性は「え？ ピザ？

プリン？なんて言ってるの？今のは日本語？」と困惑したそうです。それを聞いた地元の方々がまた大爆笑。
　さて、地元の方が何を言ったのか、みなさんおわかりですか？正解は「ピザン プネン ピラン（膝が船に入らない）」だそうです。この男性が太っていて船におさまらないので笑っていただけだったんですねぇ。

あびんちゃ

✉いもっこさん

　主人がよく使う方言なんですが、「あびんちゃ～」って知ってますか？「……だよね？」と**同意を求めた時**に良く言います。主人は読谷村出身なんですが、同じ読谷出身の友人に聞いても「方言じゃないよ」と言われてしまいました。誰か「あびんちゃ～」を知っている人いませんか～？

✉なまいもさん

　私も生まれも育ちも読谷村の純読谷チュですが、「あびんちゃ」は「あ、ほんとだ」という時に使います。同意を求める場合とはちょっとニュアンスが違います。

すーみー

✉まちゃママさん

　15年前、私がやまとぅーの彼氏を（現在、夫デス！）初めて両親に紹介したときの話です。姉妹ではじめてやまとぅーを連れてきたって事で、父は少しご機嫌斜めだし、いつもサザエさん一家のようにワイワイガヤガヤの我が家は、しーんとして険悪ムードが漂っていました。そこで場を盛り上げようと、おもしろい話をし始めた私の会話の中に、「○○さんが、ちゃーみー（凝視）してさー……」と言うと、彼が「ちゃーみーって何？」と言って、それから又、しーんとしたんです。父が重い口調で、「君、ちゃーみーってわかるかー？」と彼に聞くと、彼は「ちゃーみーは分かりませんが、**すーみーは分かります！**」と答えていました。すーみーって、覗き見る事ですよねー！方言分からんくせに、何ですーみーがわかるか私は不思議でたまりませんでした。80歳のオバーからせきをきったように笑い出し、後は大爆笑！　一気に場は和み、いつのまにか父と乾杯を交わしていました。

私達が夫婦になれたのは、「すーみー」のお陰です。すーみー万歳!!!

ユーレー

✉ばあちゃんっ子さん

島ことばのうわさ話です！私がまだ4～5歳のころ、おばあちゃんが「ゆーれーぐゎーに行ってこようねぇ」と言うたんびに「えっ？　ゆうれい!?」と疑問に感じていたのですが、最近「ゆーれーぐゎー」が「もあい」の事をさすのだと知り、幼い頃の謎がやっと解けました！

✉日記さん

ゆーれーぐゎーについて。「ゆりーぐゎー」とも言いますね。「寄り合い」→「ゆーりー」「ゆーれー」と変化したようです。モアイとか、会合とか、地域の集まりのときそう言っていたような気がします。

✉1341（いざよい）さん

「寄り合い」→「ユーレー」ですが、沖縄の方言では「ai」が「e-」になります。たとえば「たいがい（taigai）」が「てーげー（te-ge-）」ですね。従って「yuriai」が「yu-re-」になったと思います。沖縄の方言では「あいう」までしかなく「えお」は「いう」になりますね。「あいういう」です。なぜ「てーげー」とおもいきり「え」段があるのだろうと思い言語の先生に教えてもらい、やっと納得しました。

一番頭が悪いのは？

✉miyaさん

時々友達と「ふらー」「ぽってかすー」「ふりむん」「たらんぬー」「げれん」「できらんぬー」この中で一番頭が悪いのはどれなのかね～というネタで盛り上がります（しかし、これだけボキャブラリーがあるのもすごい）。個人的には**「たらんぬー」**が一番のような気もするのですが。みなさんはどう思いますか？

yumiさん

私は個人的に「ふりむん」が最上級の「おバカ」ではないかと思います。おじさん、おばさん方が今でも使っていそうだし、「ふら～」とかは愛嬌があって、大阪人の「アホ！」みたいなものでは……と思います。それに、「ふら～」は言われてもいいけど、「ふりむん」は嫌という感じでございます。う～ん。初めてこんなこと考えたー。

みーどーさん

ふりむん……っておじーさんとかからいわれてたので私はそんなに傷つきません。げれんひゃーといわれると傷つきますが……。沖縄方言は中国語とおなじ単語が多いのにはびっくり。福建では西瓜のことを**すい**

くぁー、ぶたは**わー**といいます。もっといろいろあるんですよ。お墓もかめこう墓が各所に点在してて、昔、交流があったのねってかんじです。

ルルさん

最近まで「あたびち」「あたびちゃー」という言葉の意味がわかりませんでした。小さいとき、叱られたときよく耳にした言葉でしたので、あまり、よい言葉ではないとの印象だけでしたので、まさか**「蛙」**のことだとは、思いませんでした。どうして、蛙なのでしょうか？ 未だに不思議です。

みーどーさん

笑える！ あたびちゃーはグエグエと鳴くから、子供の泣きやまないだらだら泣きのことをあたびちゃーというみたいですよ。わたしのところはドロビッチャーの上にころんで**ドロだらけ**になった姿にもあたびち・あたびちゃーといってましたよ。

あたっぺさん

あたびちゃーは「蛙」という意味だけではなく、「嫌な子、悪いヤツ」という意味がありま す。多分55才以上ならこの2つの意味が分かりますが、それ以下だとあまり知らないと思います。姉妹でも2〜3才の違いで意味が通じなかったとおばさんが言ってました。

どぅーぶみー

琉球姫さん

自分で自分自身のことを自慢するのをウチナー方言で「ドゥブミィー」といいますね。

昔の年寄りは、道徳に厳しかった！「ドゥブミィー」すると年寄りに嫌われました。「ドゥブミィー」すると一喝。また、「自分は泣かされても人を泣かすな！」「人のものを羨ましがるな！」……etc.

言い伝えられてきた琉球文化の中から、ゆるがない精神力を学びたいものです。

ぱりいず

SENさん

どなたか「ぱりーず」という生物？をご存知の方はいらっしゃいますか？ 沖縄のある離島には「ぱりーず」と呼ばれている**謎の大トカゲ**がいる、というのです。どの離島かは知らないと言っていました。島人も滅多に見ることができないが、目撃されるのは大抵、畑だということです。

よく農業関係者のことを「はるさー」と言ったりしますが、確か宮古ではハ→パになり発音されることが多いので、**宮古だと推測**しているのですが。

宮古出身の友人等にも聞いてみましたが、「もっともらしい話ではあるが、そんなトカゲは知らない」とのこと。「ぱりーず」に関する情報をお持ちの方、どうか教えて下さい。

嘉手久なびさん

私、パリーズ見たことあります!! 波照間島と石垣島で2回も見たんです。今から10年ほど前、私は波照間と石垣に一人旅(傷心!?) しました。灼熱の太陽の下、波照間のウージ畑の一本道をひたすら自転車で走っていると今まで見た事もないようなオオトカゲが道の真中にたたずんでいたんです!!

トカゲは私の気配を気付くとサッと身を翻しあっという間に畑の中に消えて行きました。

数日後には石垣の海岸近くでまた同じようなトカゲに出くわしました。どちらも一瞬しか姿を見ることはできませんでしたが**体長60㎝**ぐらいはあったと思います。

本島に帰って皆にこの話をしましたが傷心旅行に女独りで行った私の話など誰も信じてくれず、私自身も**「暑さのあまり白昼夢でも見たのか」**と思ってずっと忘れていましたが、パリーズのうわさを読んで記憶が甦りました。やっぱり本当にいたんですね♪　パリーズちゃん。こんなかわいい名前まであったとは……。

✉アロハさん

SENさんがいっている「ぱりーず」がいる離島ですが、宮古の事だと思います。私は見た事ないんですが、母が「昔、畑によくいてびっくりしたさ～」と話していました。そんな存在も知らなかった私はびっくりしました。しかも！　**薬になる**って言ってた気が……（勘違いだったらすみません！）。ちなみに母は平良市の出身です。

✉マサさん

パリーズ、謎の動物ですね！　興味深いです。僕は動物には詳しいのですが、もともと日本には体長60センチ級のトカゲは存在しません。未発見の新種か？という可能性は無いと思います。

近年になって本島でのヤンバルクイナの発見がありましたが、ヤンバルという原生林が残っている地域性と、空を飛ばず林の中だけで隠れて生きてきたヤンバルクイナの性質があいまって発見が遅れたことで、例外中の例外、と思います。石垣島、波照間島、宮古島のように比較的開発された地域で見られるとすれば、外国からの移入種ですね。何かの目的で飼育されていたオオトカゲが繁殖したと考えられます。

✉まみまみさん

多分それは「ぱりいず」じゃないかな？　宮古で**パリは畑**で、**イズ（発音はチョット難しいかも）は**魚って教えてもらいました。食べたら魚の味に似てるからそれから名前が付いたと聞いたんですが（詳しい事は分かりませんが……）。

私も高校の時見たことがあり、その時は誰に言っても信じてもらえなくて、最近8歳上の兄に初めて話したら「それはパリイズさっ」とあっけなく言われ兄嫁から教えてもらいました。

密かに珍獣発見かも！と10年近く思い込んでいた私は……。

✉沖縄番長さん

自分はパリィズって呼んでましたが日本名は「**キシノウエトカゲ**」。体長は約30センチぐらいだったと思いますが爬虫類なので長生きしたらもっと大きくなってるのかもしれませんね？名前はやはり畑の魚から来てると思います。

今、ココでは食べました……とは言えませんが？？自分の父親は**魚の味がする**って言ってましたが、自分はコゲの味しかしませんでした。なぜ言えないか？っというと……**パリィズは天然記念物でした。**とてもすばしっこくて見つけても畑の中にすぐ逃げられてしまいます。子供の頃、捕り方も父親から教わりました。

その方法で捕るととてもカンタンに捕まえられますが、天然記念物なのでココで話して良いものなのかと迷っている今日この頃でした。

ユーシッタイ

✉うみんちゅさん

昔かーちゃんに何かヘマした時とかに「ゆ〜しったい！」って言われてました……。なんつー意味かは何となくしか分かりません……。

✉かあずさん

「ユーシッタイ！」最近はあまり使わないんですね。例えば、母親が子どもに「そこで遊ぶと危ないから止めなさい！」と言ったにも関わらず、遊んで怪我してしまった時、「ユーシッタイヤサ！」となります。

意味的には**「だから言ったでしょっ**。注意したのに聞かないで遊ぶからさ。罰が当たった。

イーバーヤサ！（これも知らない？）」という意味で、愛情のある戒めのことばです。
※イーバーヤサ＝いい気味だ。（この場合、そんな悪意はありません）

✉**もちっこさん**

意味は「ざまあみろ」を優しく言った感じかな？？？ 何か悪戯をしたりしてその結果自分にも悪いことが返ってきたりした時、部屋を散らかしっぱなしにしていたら**虫が湧いたとき**……等。自分が悪いときに戒めとして言われてました。

✉**タケタケさん**

「ゆ〜しったい！」に近い意味でよくオカーから**「あさだなうらでぃ」**と言われてました。悪戯して自分を痛ました時とか言いつけを守らずに結果が悪かった時とかに言われましたよ。子供心にも、言われた瞬間、崖から投げ落とされたような、一人ぼっちで橋の下にいるような、天涯孤独のような（笑）強烈な言葉で今でも言われると一番怖い言葉です。ちなみにオカーは純粋培養の宮古人です。

博士登場！

✉**ウチナー愚痴博士のイリーさん**

ウチナーグチ大好きのイリーです。方言収集が高じてついに、沖縄方言のルーツを探し当ててしまいました。

皆さんは沖縄方言が日本語の古語（平安時代）と学校で教わり、まさか、その通り信じている訳ではないでしょうね？**「ウレー、間違トーンドゥ」**

実はウチナーグチは福建省（中国）や台湾・インドネシア・タイ・フィリピン・ベトナム韓国の言葉が入り交ざり「言葉もチャンプルー」状態になっているのをご存知ないのですね？

このチャンプルー自体がインドネシア語から来ているんですよ。知っていた？ 知らなかった？

もうひとつ、お腹一杯（チュファーラ）知っていますよね。ウチナーグチですからこれは福建語で**吃好了と書いて「ツーファーラー」**と発音します。お友達に中国の方がいましたら、すぐ確認してください。

この程度では、ウチナー愚痴博士と認めないぞと言う、諸兄のために「フンデーわらび」の解説をしてあげよう。

フンデーはわがままという意味で中国語では**「皇帝」と書いて ファンダイと呼びます。**最近は中国も少子化が進み一人っ子を「少皇帝」と呼んでシャオファンダイと恐れているようです。一人っ子を甘やかして育てると我がままで聞かん子になるのはどこの国も一緒だな。

では、ウワサのウチナー愚痴の第一回講座はこの辺で。次回も中国輸入ウチナー愚痴とタイから輸入されたウチナー愚痴に迫ってみよう。

大事なことを忘れておった。わしの名前だがイリー博士と呼ばれておる。

日本語では伊禮博士と書くが、中国人の友人はイーリーと発音し、韓国人の友人はイーレーと呼んでいる。しかし日本の友人はイレイと呼んでいる。**ウチナーグチから一番遠い呼び方が日本語であると**、つくづく思う。伊禮では意味が解らんが、イリーにはちゃんと意味があるんじゃよ。

ここが大事なところじゃ。いいか、イリーとは「西」という意味じゃ。西表と書いて「いりおもて」と言うだろうが。東はアガリ、西はイリ、南はフェーで北はニシじゃ。だから**伊禮姓は沖縄の西海岸にしか見当たらない名前**でそこがルーツなんじゃ。伊是名・伊平屋・北谷・嘉手納がムートゥヤーさ。それ以外は次男三男の分家筋だなー。

長い講義になってしまったわ！

✉ **ホワイトアローさん**

ウチナー愚痴博士のイリーさんにお聞きしたいのですが、名護のはずれの**「旭川」**という地名と、宜野座村の**「松田」**という地名についてなにかご存知でしたらお教えください。

沖縄には松田姓が多いとも聞きました。北海道で松田という人は珍しくはないですが、多いというほどでもありません。

宜野座村の「松田」と沖縄の

「松田」さん、どんな由来があるのでしょうか……

そして、わたしはどこから来たのでしょうか？

ウチナーグチに「ニライカナイ」ってありますよね。幸せは海の向こうからやってくるってニュアンスだったと思うのですが、北海道のアイヌの人たちにも共通した言葉なんですよ。

わたしはアイヌ語で覚えていたのですが、沖縄で聞いたときには驚きました。

✉ **ウチナー愚痴博士さん**

どれどれ、疑問に答えてあげよう。

沖縄の地名や氏名は、ほとんどが当て字だから、そのまま解釈しようとしても無理があるのじゃ。北海道のアイヌの言葉に日本語の当て字を当てたようなものじゃ。

札幌はアイヌ語でサッポロ・ペツ（乾いた大きな川）という意味があるし、網走はア・パ・シリ（吾等が発見した地）というアイヌの意味があり、日本語では理解できなくとも土地の人には意味が解っているのじゃ。

沖縄の方言は、すこしややこしくて、琉球方言と日本語だけでは解釈できんのじゃ。

前置きが長いのは老人の悪い癖じゃが、ではお答えしよう。

「松田」姓は元々読谷村に多く、那覇・名護・浦添・沖縄市にもある。地名の松田は名護市が発祥のようじゃ。

宜野座の松田という地名は古くは「古知屋」（コチャ）と呼んでいたが、改称して松田になったようじゃ。

北海道の松田と沖縄の松田は特に関係があるとは思えんのじゃが。

なぜなら、沖縄では松田とは呼ばず、マチンダもしくはマチダと呼ぶのが方言の呼び名でな。

それから、ニライカナイの思想は「沖縄にだけ特別にある」ものではないということを理解すべきじゃな。

日本全国にあると言ってもいい。特に西日本や離島に多い思想で一種の外来神信仰なのじゃ。

ニライカナイの解釈は「願いが叶う」という解釈や「根国としての海底」の残像イメージとか「海の彼方の浄土」信仰とか、決め手を欠いている状況にあるのが現状じゃ。

✉ホワイトアローさん

博士はアイヌ語もお詳しいのですね。北海道の「旭川」については、アイヌ語では「チウ・ベツ陽の昇る川」を無理矢理字と意味を当てただけなので、博士のおっしゃる琉球語を日本語で解釈することはできないということは充分理解できます。

【tommy】

ひと昔前までは、方言・訛り＝恥ずかしいという意識がありましたが、今では逆に誇りに思ってる方も多いと思います。

伝統的な方言の他にも、若者を中心にしたスラングといわれる言葉も多く使われているようですね。

それぞれ地域によって微妙な（大きな？）違いがあるところが面白いです。

方言の微妙な違いから、笑い話に発展する事もあるかもしれませんね。

第５章　ユタのうわさ話

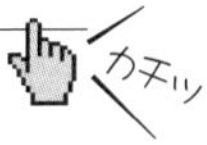

ユタとは――

神がかりなどの状態で神霊や死霊など超自然的存在と直接に接触・交流し、この過程で霊的能力を得て託宣、卜宣、病気治療などをおこなう呪術・宗教的職能者。(『沖縄大百科事典』より)

ユタのふしぎ話

✉コロママさん

今から23年前になります、父の四十九日の報告をするのにユタの家に親戚一同で行きました。その時に体験した事を書いてあります。

親戚「何故足が悪いってわかるんですか?」と聞いた所。

ユタのおばぁ「この人は足が悪いんだね」

ユタのおばぁ「親戚かね? あんたたちの父の身体を支えてきいてきてる男の人がいるさ」。確かに父は足が悪かった。でも支えが必要な程ではないのにな一と私は思ってました。

ユタのおばぁ「あいー綺麗な音が聞こえるさ、この中で**ギター弾く人がいるね?** 父ちゃんが上手って褒めているさ」。私はその時に唖然としました。ギターは私が弾いていましたし父といつか親戚のお祝いの時にサンシンとギターで唄を歌うと約束していたからです。しかし家族以外(親戚)は誰も私がギターをしているのは知らなかったです。

最後のユタのおばぁの話でユタの存在を確実に信じました。

ユタのおばぁ「この中に○○さんて名前の人はいるね?」

親戚「私ですけど」

ユタのおばぁ「ありがとうって言ってるよ」

親戚「おじさんがですか?」

ユタのおばぁ「違うよ、一緒にきてる人はあんたの旦那さんだよ。戦争花嫁で自分が戦死してしまっても、誰とも再婚せずに自分の親を見捨てずに面倒をみてくれて本当にありがとうって言ってる」

親戚のおばさんにお礼が言いたくて父について来てたんだって。親戚のおばさんは、想像もしていなかったらしく、号泣していました。ユタの存在を信じる人信じない人それぞれにいると思います。この時は、恐るべし沖縄のユタと思った事を思い出しました。

✉ Juneさん

私は去年の暮れに家を建て、味噌塩の引越し、屋敷の御願のために初めてユタをお願いしました。糸満のNさんという年配の女性の方です。私の義妹も霊感が強く「Nさんは天から降りてくるような白く輝いているいいユタ」って言っていました。

緊張してご対面！　しましたが、私には普通のおばあちゃんにしか見えませんでした。住んでいるところの神様6ヶ所を訪ね、新居の御願、そして今まで住んでいたアパートにお礼もすることになりました。

火の神を拝んだあと、「あなたがケンカをして家を出て行くのが見える。仲良くしないとだめだよ」そして水の神を拝んで「あなたをとても嫌っている人がいる。その人はとても腹黒い。わかるね？」

私「うーん、わかりません」Nさん「じゃあ、仲良くするようにお願いしておこうね」

そして最後に玄関「旦那さんの交通事故はどんな話し合いになったの、って神様が聞いてるよ」。

私は8年前の交通事故の話をして、神様に報告しました。アパートには神様がいない、と思っていました。いるみたいですよ。そして、火の神は旦那が長男なので新居にもないのですが、「一日十五日は塩をかえて、水は毎日かえなさい」と言われ、あれ以来かなりビビって水をかえています。皆さんも注意しましょう。

私はとっても不思議だったのでNさんに「あのー、神様って見えるんですか？」と聞きました。「見えるよー。私が拝所に行くと、神様が立って出てくるよ」と言っていました。やっぱり不思議。

あつまるさん

今から十年前くらいかなー？の頃に、うちの母のお姉さんが交通事故で不幸にあって、山原のユタさんのところに行った時の話です。母が沖縄についたときは交通事故という突然の出来事で、そのお姉さんの子供たちもうちの母の母（おばあ）も、誰も起きていることを受け入れられない状態だったそうです。

おばあが、山原へ行くと言い出して、母が付いて行くことになり、二人で名前も知らない人づてに聞いたユタさんの家を人に聞きながら、山原のユタさんの家に行ったそうです。そして、やっと玄関までたどり着いて、チャイムを押すか否かのときに、家の中からすごい叫び声で1人のおばあさんが出てきて**「あんたら、四十九日も過ぎてない、本人も、まだ気づいていない時に、何しに来た！」**と、いきなり怒られたそうです。

おばあはその場で泣き崩れてしまい、おばあを支えようとした母は、おばあの側で舞っているモンシロチョウを見つけとても悲しくなってしまったそうです。確かに、四十九日日どころか一週間も経っていない珍しく寒い日だったそうです。

みーのーさん

私のおばーは沖縄でいうユタで現在満80歳になります。私の母方側の祖父が亡くなった時の話です。おじーちゃん子だった私達姉弟は、お葬式から帰ってきて家路にたどりつく前にすごくお腹と頭が痛くなって玄関先で倒れそうになりながら、ソファーにもたれかかっていました。

そしたら、おばーが私に「お前は手を合わせたときにおじーちゃんになんて言ったのか?」と聞いてきたので「いつまでも私の側にいてください」と答えたら、**「おじーちゃんはお前の側にずっとついてきてるじゃないか、どこにいっていいかわからないでここに残っているじゃないか」**と言われました。

そのまま玄関にいときなさいと言われ、ちょっと待っていたらすっと抜けたかのようにさっきの頭の痛さとお腹の痛さがとれました。家の中ではおばーちゃんがおじーちゃんに線香をともしてくれて、白い洋服を纏いながら、歌ったり泣いたり神様に向かって手を合わせずーっとぶつぶつつぶやいていました。私は治ったよというと、よかったさーと言ってくれました。これからは「天国で遠くで皆を見守ってください」といいなさいということでした。

らくださん

友人の友達で昔、沖縄のある島に住んでいた娘がいたのですがその娘の母親が島のユタに選ばれたそうなんです。何年かに一度選ばれる島のユタのその選び方が凄い。

島の女の人の名前を書いた紙を箱に入れ、その箱を振って**紙が高く舞い上がった人から5名**（人数は定かではないです）選ぶ。でも、ユタになる素質等の面でもその選び方はかなり的を得ているようなんですよ。そして、一番高く舞い上がった人がユタのなかで一番上の位につき、一番下の人は、そのユタのなかで一番下の位に。そして、下の位の人は接待的な要素も担う役目だそうで、なにかある度にお金を出すんだそうです。

その娘のお母さんは一番上の位だったそうです。その報告にきたユタさん達や町村長に「いやだ、いやだ」と泣いていたんだそうです（彼女はこの場面は鮮烈に覚えているそうです）。でも結局、継いでしまって。島のユタになると、島の外に出てはいけない、夜十時以降、家の玄関を開けてはいけない（窓はどうなんだろ？）などいろいろな制約があったそうなんです。

ビールガールさん

私の母の家族の体験談です。戦後間もない頃、私の母には小学生の弟がいました。彼は、家の手伝いを進んでやるし、明るくて賢い少年で人気者でした。しかし、自転車での通学の途中でダンプにはねられ亡くなりました。即死でした。母の家族はひどくショックを受け、彼が亡くなったのを受け入れる事ができなかったそうです。

それで突然亡くなったから、何か言いたい事あったんじゃないか？って、みんなで話し合いユタにお願いしたところ、ユタが「彼が、**ズボンのポケットにコマ**があるから、それも一緒に棺の中に入れてちょーだい。って言ってるよ！」って言ったそうです。祖母が確かめたところ、汚れたズボンの中からコマが出てきたそうです。母の家族は彼の願いを聞きいれ、棺の中にコマを入れたそーです。いつもお盆になると私の祖母は、「天国であのコマ大事にしてるかなー。コマで毎日遊んでるのかなー」って、自分より先に他界した息子の話をなつかしそうに語ってたそーです。

ユタは、亡くなった人と残された家族の心を癒してくれるありがたい存在でもあるなーって思いました。

名前なしさん

以前、家の拝み事の運転手として、母達と一緒に首里の何ヶ所かを周りました。すると2ヶ所目ぐらいでその時のユタの方が「あんただね、でも大丈夫よ。悪い事じゃないからね」と言われました。そのユタの方の話だと、ご先祖さまがやって欲しい事があり、近い身内に合図を送るんだけど誰も気づかなくて、その合図に気づいてしまう私を頼って皆集まってしまうんだそうです。

その時は半信半疑で「へ〜、そうなの？」ぐらいにしか思ってませんでした。それから、首里の観音堂に来た時にお賽銭を入れようと思い、駐車場で財布から小銭を右ポケットに入れました。ユタの方の拝みが終わった後、私もお賽銭を入れていいか聞いた後、ちょっと「アレ？」と思ったんですが気のせいだと思いお賽銭を入れて祈願して、次に向かいました。そして次の所が終わったときに気のせいじゃないと思ったんです。

それは、私はいつも小銭（お金類）は右、鍵やその他は左ポケットに入れるんです。なのに観音堂では右に入れたはずの小銭が左から、今度は鍵が右から出てきたんです。

その時私が何も言わないのに、ユタの方が**「あんたが信じてないからイタズラしてるさ」**と。あの時はびっくりしました。けれど、この拝みが終わってから正夢も見ることがなくなったし、いつもいい所まで進んでいたのに自然消滅していた結婚の話がトントン拍子に決まりました（ご先祖さまが邪魔してた⁉）。あの時のユタさん、ありがとうございました。

✉みつさん

内地から沖縄に来て2年目で那覇の泉崎のアパートに住んでおりました。うちなーの友達は霊やユタの話をしていましたが、ないちゃーの私にはさっぱり分からなくて……の頃……。

ある日、左肩が痛いなぁ……と思っていたら、職場のおばさん（霊感の強い人）から「近所で赤瓦壊しているだろう」と聞かれて「えっ、ないよ！」と私。実は数日前から知らない太ったおじさんの夢に起こされていて寝不足……。全然知らない色黒・メガネのおじさんがじーっとこっちを見ているんです。

おばさんに「あんたに憑いてる男がいる」と言われて更に**「赤瓦を壊している家が近所にあるはず」**。私は夢の話をしながら「あっ！」と思い、隣がたまに壊してる……と気が付いたんです。4階の窓から、若い男の人が1人で壊しているのを何回か見て「もったいないなー」って思い……（那覇も赤瓦が減ってるので)。
大家さんに事情を話して、夢のおじさんの似顔絵を見せたら、大家さんがすぐに壊してる家の離れへ連れて行ってくれました。正面の仏壇の横上に飾られている写真に夢のおじさんが写ってるんですから!! 事情を聞くと長男は内地にいて次男が1人で「こんな家は古くて住めない」と壊しているとか。すぐにユタが呼ばれて、私の所に亡き父が頼みに来ていたという事が分かりました。その後内地の長男を呼んでちゃんとお祓いをし、私の痛みも夢も一件落着。

✉ **ハルさん**

先日、ちょうどユタが関わる小説を読んでいました。浅見光彦シリーズで有名な内田康夫さんの本で**「ユタが愛した探偵」**というタイトルです。けっこう詳しく書いてあるのですが、ユタはだいたい1500人~3000人いるとのことです。受け売りですみません。一度読んでみたらいかがでしょうか。

✉ **りえさん**

天久の開発って、かなり時間がかかったと思いません? 実はあの地区はかなりの御願所やお墓があって、ユタの方々と共に移動などしていたら相当時間がかかったという噂です。そういったものを移すのに、何年(干支)の何月が良いとか色々あったから。県をあげての公共事業でも、ユタの存在は大事なんですね。

✉ nagaさん

私の父はある地域の出身です。全体的にユタの数自体は多いように感じます。ユタこーやー（ユタ買い）をしている親戚も多いですし。父の葬式の時にも、一応お坊さんに来てもらった（葬祭業者の紹介で）のですが、あくまで形だけで、その後にすぐユタが来ていました。戒名も買ったはず、なのですが、位牌がないため知りません。ユタがいらないと言ったらしい。沖縄のお坊さんの位置づけというのはこんなもの、という気持ちがあります。

回忌にも、お坊さんは一度も呼んだことはありません。ユタだけが来ます。おまけにお盆の行事も変わっているらしいのですが……お盆の時期には、できる限りのごちそうを作って並べるのはみなさんもあると思うのですが、その中にピンク色の四角いお餅を飾ります。那覇では売っていなくて、いつも近くで仕入れていました。

で、うーくいの時には、たくさんのお宝（供え物、燃やしたうちかび等）を持ったご先祖を狙ってマジムンが来るので、玄関の壁に**アダンをたたきつけて**、できるだけ大きな音を出し、驚かせて追っ払うのです（おばぁはそう言っていた）。

力が弱い子どものうちは、なかなか音が出なくて、よくおばぁに怒られたものです。

✉ まささん

以前台湾で風邪をこじらせて、現地の友人の紹介で日本語のとても流暢な年配のお医者さんに診てもらった時、そのお医者さんは普通に僕の背中に聴診器を当てた後、脈をとって診ようと言って脈をはかりだすと、突然「君は数え年で五歳の時にお祖母様を亡くされましたね、とても悲しんだんだね。数え年七歳の時には腎臓病を患ったことがありますね。今は肝の臓が弱っていてそのまま行くと来年の秋には入院する事になってしまいますよ！生活態度を正しくして、人には優しく接してして絶対に怒ってはいけませんよ！**徳を積む事を心がけなさい**」と言われ、確かに数え年に換算するとまさしくその通りなのには驚きました。

紹介してくれた友人曰く、あの先生は西洋医学のお医者さんだけど、漢方医学にも精通していて、「良い漢方医なら脈を診ただけでその人の現在過去未来が即座に判ってしまうものなんだよ、良い医者には霊感も備わっているものなんだよ」と言われてそれでも不思議でなりませんでした。

その後風邪も治って沖縄に帰り、いつも通りに不摂生をし、家族や友人に対してワジったりしていたら、その翌年の十月に何と急に重い肝炎に罹って三ヶ月以上入院するハメになってしまいました。全くあの先生が言った事が当たってしまったのです。

「医者半分、ユタ半分」これは昔々沖縄にも居たあのような漢方医の事を言った言葉でもあったかも知れませんね。

springさん

半年近く前、私は彼を事故で亡くし、お葬式を終えた後も泣いてばかりの日々を送っていました。そんな時、以前に死者と交信できるユタさんの話を聞いたことがあったので、思い切って行ってみました。

そのユタさん（Yさん）の家に入り床の間に通されると、いきなり「黒い車に乗った男の人知らない？」と聞かれました。「その男の人が一緒に来てる」と言いました。彼は黒い車なんて持っていませんでした。その後、彼や家族の写真を見せながら話をしていたときYさんがある写真で止まりました。その写真には偶然知らない人の黒い車が写っていました。Yさんいわく、亡くなった人の魂がこうやって写真に写っているものを借りて出てくることができるそうです。そして彼が車を欲しがっていると言いました。

しばらくしてYさんが神がかりのような状態になって言いました。

"I'm sorry. I know I can't come back. I know I die. I won't forget you...Can you marry?"

「ごめんね、もう戻れないんだ。自分は死んでしまったんだ。君のこと忘れないから。結婚してくれる？」

彼はアメリカ人だったので正直Yさんの口から英語がでると思いませんでした。70歳位のうちなぁおばあだったので。でもその言葉を聞いたとたん私の目から涙がぽろぽろと、そしてYさんの目からも涙がこぼれていました。

彼がとても会いたがっているということ、そして残された家族のことを心配していると言うことを教えてもらいました。今私がしてあげられることは、彼の実家の遺影の前に好きだった食べ物を供えることが一番だよと言ってくださいました。

どんな生き物もいつか死んでしまうもの。いつか訪れるその死に向かって生きているんだってこと。だから今を精一杯生きなくてはいけない。彼からは生きていた時以上に多くの事を教えて貰ったと思います。それでも急に襲ってくる悲しみに涙を流してばかりですが、彼が暖かく見守っていることを感じて、強く生きていかなくてはと日々自分に言い聞かせています。

マブイグミ

ドリットさん

最近車にはねられたんです。幸い大きな怪我などもなく普通に暮らしてますが、事故の時に一緒にいた友人がユタに見てもらったところ、私達二人は**マブヤーを落としてる**ということです。怖くなったのでそのユタに友人と一緒にマブヤーを拾ってもらおうと思いましたが、金額を聞くと1万5千円とさらに数珠も必要になるからその分も追加になるようです。

出費が重なる時期なので私は断りましたが、やっぱり気になります。これは気の持ちようだと思いますが、周囲の人にも早く拾わないと〜と言われ、ある人には事故の後から何かボーっとしてる感じ（覇気が無い、と言うか）とも言われました。

自分でもできる方法はありますか？ そのユタが神様に問い掛けたら自分ではできないといわれ

たそうです。どうかアドバイスお願いします……。

青空さん

僕も何回かマブヤーを落としたことがあります。やっぱり、驚いたとされる場所に行って、お米やお酒をささげた後に、落とした人に名前を呼んで、僕のところでは、ボールにお米のとぎ汁を入れ、その中に麻の紐をいれ、名前を呼びながらそのボールに魂を入れます。ボールに入ってる麻紐をその本人や家族の人の首や手に巻きつけて、数日間巻きつけたままにして、体に魂が入ってくるようにという願いを掛ける方法でした。

場所が特定できなかったりした場合は、**トイレの神様**にお願いをして魂を家に呼ぶという方法もあります。トイレは、あの世とつながる通路があるそうです。ユタでなくてもお年寄りや年配の方はマブイゴメの方法を知ってる方は結構いると思います。心配なら、早めにマブイゴメしてもらったほうがいいと思います。

レスカさん

実は私も何度かマブイグミをやったことがあるのですが……。事故現場で落としている場合、現場でマブイグミをしたほうがよいのではないでしょうか？

簡単？というとへんな表現かもしれませんが普通はススキの葉っぱで作った**サン・魚汁・豆腐・**

小さなお握り7個・水・塩を準備し火の神さまをおがんだあと（その際はビンシーのウガンセットが必要です）、トイレからサン使ってマブヤーをひきよせ、本人をサンで背中や頭を軽くたたき、その日着るパジャマや下着にサンをのせておきます。そして、水を指で額につけ、塩を頭にのせ魚汁・豆腐・お握りを食べます。サンは三日間頭と背中をトントンしますので、すぐには捨てずにとっておきます。

✉たあ某さん

マブイグミの例

まず、子どもの祖母とユタが、霊魂を落としたと思われる場所に、その子どもと一緒に行き、瓶水（ビンシー、神酒を注ぐ器）から注いだ神酒と白米（洗米―七回洗い清める）をお供えして祈願する。その祈願のことばは、だいたいこういうものである。

「どこそこのだれそれがし（干支も）が、マブイを落とした。きょうは、それを拾いに来たので叶えてほしい」

そして、次のように言いながら、ススキ三本をR型に結んだもの（方言でサンという）によって霊魂を子どものからだに入れるしぐさをする。

「マブヤー、マブヤー、追《ウ》ウティ　来《ク》ウヨー（霊魂よ、霊魂よ、ついて来いよ）」

✉ マーマさん

わたしも先月、ビーチを歩いてるときつまづいてしまい、その後すごく体がだるくてやる気もでない状態になりました。母に相談したら「あんたマブイ落としてないね？ 転んだとき。マブイぐみするよ」といわれました。大胆なことにわたし達はユタを頼らず自分達でまぶいぐみしました!!しかも見事成功。方法は以下の通りです

家の火の神（仏壇があるなら仏壇）にさかなのお汁とごはんとまぶい落とした人がいつも着てる服をそなえて、線香（平うこう）15本たてて、住所、その家の主の名前と干支、まぶいぐみする本人のなまえと干支と家の主との関係を述べて「どこで落としてきたかわからんので探してきてくれませんか？」とお願いする。そして線香が消えたら本人に服を着せてさかなの汁もうさんでーして食べさせる。わたしはその方法で成功しました。

落とした場所の石とかひろって、それを本人がいつも着てる服とかでつつんで家に持ってくるってのもあるそうですが、素人だし失敗したら他のも拾ってきそうで怖かったので、火の神から探してもらうってやり方をとりました。さかなのお汁を食べる瞬間、口の中に風が入ってきたんですよ。信じられないですが、翌日には足の熱いのもボーっとするのも治りました。

✉ 息子は、さーだかさん

まぶやーについて私の聴いた話では、みんながみんな7個も持っているのでは無く、1個、3個、5個、7個と、色々あって、1個しか持ってない人は、落としにくくて、5個も7個も持って

いる人は、落としやすいみたいです。というか**1個の人が、落としてしまったらたぶん命にかかわるんじゃないかな？**

✉ポパイ大好きっ子さん

魂をマブヤーと呼ぶのは、沖縄の火の神宗教の場合です。**女性は7つ。男性は9つ**で、お母さんのお腹の中にいる時に神様から頂きます。火の神宗教では、生まれるとすぐ、マブヤーをお母さんに預け、十三祝いまでに全部返してもらいます。その時ごちそうを食べたり、着物を着たり洋服を買ってもらうのは、大きな意味があるのです（簡素化すると入りませんよ～）。これってマブヤーを落としたときの儀式と似ていませんか？

落としたマブヤーは、洋服で包んで持って帰り、ご飯を頂くことによって、体の中に入るのです。マブヤーはちょっとした事でも（体から）抜けます。心配事やビックリしたときなど……。自分の胸に手を当てて、「マブヤーマブヤー」と言うのは**「私のマブヤー、しっかりついておいでよ」**という意味です。そしたら、次のお食事の時やあめ玉一個で入れることが可能です。但し、落としてしまうと拾いに行かなくてはなりません。病気をしたり、事故に遭ったときは、落ちる事が多いようです。

「最近嬉しい事がない」「失恋した後、人を愛することが出来ない」これって知らず知らずのうちにマブヤーが落ちていることもあるんですよ。

火の神について

✉hiroさん

ここ最近、不思議なこと&怖いことが重なったり、体調が悪くなったり、色々なことが重なって、ユタさんにお世話になることにしました。ユタさんが言うには、私の父方の祖先にノロさんだった人がいて、その流れが私に来ている！（霊感？）それと火のカン（台所にある火の神様）を持っていないから、祖先が手探りで私を捜しに来ているとのこと。火のカンを準備しなければ、あんたが精神的に悪くなる!! とまで、言われたら、火のカンを貰ってこなくちゃと思った。来週にでも、実家から火のカンをもらうことにしてます。

✉hiroさん

火のカンについて……私がお世話になったユタさんによると、**籍を入れるとき**一緒に火のカンもお互いの実家から貰ってくるそうです。（火のカンも結婚させるとか）

貰う前に黒線香を15本立ててから、どこどこの誰の何番目の子供名前は○○と、結婚します結婚しました。を報告するのですが、どこどことはご両親の実家の屋号（○○やぁ～（家）とか呼ばれてるもの）です。

黒線香が消えたら、3回つまんで、我が家の火のカンにします。住居に帰ってきたら、黒線香15

本を立て、2人でまた同じことをします。

ぷよぷよさん

火の神はわざわざ灰をもらわなくっても、自分たちの時代で**新しく作ったほうがいい**ようですよ。というのは悪い縁そのまま引っ張ってこないように……だそうです。

アイコさん

約4年前、親の勧めで火の神をしなさい、といわれユタに会いました。そして、ユタに「火の神をしないと、3年後にあんたは子供を連れて家を出て行くよ～。離婚する」と言われました。親は、とてもびっくりして「火の神を絶対しなさい!!!」。でも、私は結局火の神をしませんでした。そして4年が経っています。今は、**家族3人とても幸せに暮らしています。**マイホームも建て、もうすぐ引っ越しです。とっても幸せですよ。なんだったんでしょうね～？ あの時信じて、火の神をしていたら、「火の神をしたから、離婚していなかったんだよ～」と言われていたんでしょうか？

結婚8年目、これからも絶対に離婚はしないぞ!!

✉真嘉戸金さん

火の神は各家庭に設置された**パソコン**だと思って下さい。火の神は本来の家族をお守りするお役目の他に、世界あらゆる神仏へのウトゥーシ（お通し＝アクセス）のお役目もされますので、例えば親戚の誰それの何年忌だけども行けない場合には御自宅の火の神から先方の誰それに対してクトゥワキ（言い訳）をお通ししてできます。

また例えば御実家の誰かの良からぬ夢を見た時にも、御自宅の火の神から御実家の御先祖の御霊にウトゥイチジ（お取次ぎ）をお願いしてお守りして頂くといった具合に、火の神は各家庭の主婦にとっては霊験あらたかな**ありがたいメッセンジャー**として大活躍されておられます。

特に本土などの遠い所へ行かれるのなら「今はどこそこへ行っておりますのでお守り下さい」とお願いができる筈ですから是非ともウンチケー（お連れ）するべきだと思いますよ。火の神のお引越しには地方により方法が変わったりしますので、ご親戚の年長者に教わったら良いと思います。本土に行かれるなら尚更旧暦1日と15日にはしっかりとお線香とウブクをお供えしてご主人とご家族の無病息災、家内和合をお祈りして、旧暦12月24日には一年のお礼を込めてウグヮンブトゥチ（お願解き）ができれば立派な沖縄の主婦の仲間入りですよ。

因みに火の神は台所で特にその家の主婦の言行を見ておられて、旧暦12月24日に昇天して天帝に全て報告する事になっているので、台所で人の悪口等いわぬように私は子供の頃から母に注意されましたよ。これらの事は一昔前まではごく普通に行われていた事で、今でも年輩の方ならこのように何か事有るごとに火の神にお願いしていますよ。

羅維さん

え～、本州の方でも「台所の神様」はありますよ～……のお知らせを一つ。沖縄では「火の神」と言われるんですねえ。私のいた関東地区では**「荒神さま」**と呼ばれる、かまどの神様がいます。小さな神棚のような物があったり、（ここには毎月1日15日、盆・正月など特別な日？に、荒神松を飾る）お札だけ貼っている家庭もありますね。

海外にも台所（かまど？）の神……ではないけれど、妖精がいるって聞いたような。台所は、何処でも大切にしなければならない、大事な場所なんですね。

神様、仏様

ワカマツさん

本州生まれ、本州育ちの素朴な疑問です。教えてください。

沖縄の伝統的な信仰（宗教？）は、仏様や神様じゃなくて、ご先祖様を供養してご先祖様に守ってもらうことだと思うのですが（生半可な解釈だったらすみません）、**沖縄式のお葬式って誰が仕切るんですか？** 内地のお葬式のように、お坊さんや牧師さん、神主さんが来るとは思えないのですが。ユタが仕切るのかしらん？？ 戒名代でお坊さんにウン十万円、みたいな習慣はあるんですか？

booさん

ワカマツさんへの返答です。この前親戚の十三回忌があり、お坊さんがにがわらいしてました。仏壇の戒名が、真言宗だったり、浄土宗であったりしてるようです。妻はこんなことは、内地ではありえないといってました（妻は内地生まれ）。

沖縄は檀家制度というのがないらしく、そのとき時間のあるお坊さんを呼ぶそうです。ですから**同じ仏壇の中に、いろんな宗派が混ざってる**ことが多いそうです。お葬式の場合、5万から10万くらい。何回忌とかは、2、3万だそうです。

名無しさん

よく考えたら、沖縄ってお寺の宗旨に関しては〝で〜じて〜げ〜〟かもしれない！　だって、うちの長男おじさんは臨済宗の安国寺でお葬式したんですもん。でも、もともとおじいちゃんの代までは八重山だから安国寺なんて全然関係ないし。おじさんが首里に住んでいたから安国寺だと勝手に思ってたんですが、どういう基準で安国寺になったのか、なぜ観音堂じゃなかったのか、私も今書きながらこんがらかってきました！

青空さん

沖縄の人は、神社を拝むっていう風習はあまりないと思います。だからといって、神社を拝んでいる人がいないのかっていうとそうではありませんが。先祖崇拝がもっとも多いと思います。

神社参拝も、普通の人で年に一回あるかないかではないでしょうか？　年始の時とか。それも、友達、家族と出かけるっていう名目で、イベント感覚でのものだと思います。沖縄の神様と本土の神様、神様でも沖縄の神様はちょっと違う感じがします。地域を統合している神様は、その地区の団体、公民館が管理してるところもあります。ちょっとした祠があったり、ちょっと目立たない場所とかに存在してることがあるので、公民館や自治会に聞いてみたらいいかと思います。

また、沖縄の人は、自分の家にも土地を守る神様を置いてたりします。年に数回、家の敷地の四隅に、線香をお供えして、お願いやお礼をしたりもします。沖縄の宗教風習は大変で、この風習に反発する人も少なくありませんが、いろいろ調べるのも楽しいと思います。遠くの友達より近くの隣人に聞くのもひとつの手だったりしますよ。

yoyoさん

知り合いが若い頃にムーンビーチ近くのユタの修行所に行ったときの出来事です。男友達と4～5人くらいで遊び半分で行ってワイワイしてたら、中からユタらしきおばぁが怒りながら近づいてきて、「あんたたち今すぐにここから出て行きなさい！」って言われて、一人が「なんでぇ？」って聞いたら、「**あの子の神様と私達の神様と違う**から、すぐに出て行きなさい！」と一人の男の子を指して言ったそうです。実は、指された男の子は牧師さんの息子でつまり、クリスチャンだったのです。何か不思議な話ですよね。

ユタの相場

ヒコさん

ユタの方に相談事を伺った際、一般的に**金額はどの程度**と考えたら宜しいか、どなたか教えて下さい。近々、宮古のあるユタの方に、健康上と家族の心配事を相談に訪れたいと予定しています。以前お電話したところ「お幾らでもいいんです。あまりお金の無い人からはたくさんはいただけませんしね」と、おっしゃっていたのですが、失礼の無いようにお礼はしたいと考えておりますので、宮古方面でのお礼の金額はおおよそどの位？ と考えればよろしいのでしょう。

ぷよぷよさん

ユタさんの相場金額の話ですが、だいたい**一時間の判断で五千円、半日の拝みで一万五千円、まる一日で三万円ほど**です。これ以上の金額になると、儲けになり、神からの力がおとろえていくといわれています。なぜならば、困っている人を助けるための仕事として神から選ばれて、その力を与えられた人たちが、今、頑張っているユタさんたちなのです。

この人たちは、仕事をするたびに、本当に体を張って頑張っています。もし間違えてしまえば、この人たちの体にきてしまいますから……。何度もその姿をみています。

こうたろうさん

私が知っている範囲で、個人的な判断事であれば、3千円から5千円が相場なのではと思います。ただ、判断で、どこそこを拝んできなさいとなると、またまた話は違ってきます。半日廻って1万五千円から2万、一日廻って2万から4万と、お願いする内容や、行く場所によって変わってくると思います。また、**評判のいい人だとおのずと料金も高くなる**ようです。

知っているユタの場合、祀っている神様から、生活に困らない程度のお金は受け取りなさいという事で、沢山支払う人がいてもその中から幾らか返すようにしているとの事。また、お金で文句を言うようなユタには行かない方がいいと思います。今回ヒコさんのお話だと、いわゆるハンジを買いにいくのだから、そのお礼は、三千円から五千円程度ではないでしょうか?（本島の相場）

みりんさん

私は1回五千円と聞いていてそれが普通だと思ってました。最近のお話だと、当たると有名なユタの方にお家に行って見てもらったところ、何も話してないのに家の間取りや悩み事をずばり当てたそうで、そういう方でも五千円だったと親戚は言ってたと思います。

母に確認したところ、ユタの方の家に行って話を聞いてもらうのは三〜五千円で、家に来てもらったり四十九日などの場合でも五千円よと言ってました。拝み代の相場が三万円と聞いてビックリしてしまいました。拝み代とは別に出張代も三万が最低ラインと拝見しましてさらにビックリです。私の勝手な意見ですが、**いいユタさんって金儲けのためにやってるわけじゃない**と思うんです。親戚からは身なりもハデじゃないし宝石もジャラジャラしてないし贅沢もしてないようだよと聞きます。（派手な方でも良いユタさんもいらっしゃると思いますが）

いろんなユタさんがいらっしゃいますので、金額もそれぞれだと思いますが、金額の面で不安でしたら、他のユタさんを探されてはどうでしょうか？

✉ ユタさん

風水アドバイザーの人が「マブイが3つ抜けている、もし良ければいい方を紹介してあげるよ」と沖縄市のユタさんに引き合わせてくれました。マブイグミをと思っていたのですが、それだけでは済まず、夫と息子の前世からの縁を切らないと相性が悪いと言って20万円、私の体の調子が悪いのは、実家の母方の知らせごとだとその供養に30万円、家相が悪いので風水グッズで避けるのに14万円と**トータル64万円**の見積もりがでました。

その場では一大事と思い、早速明朝に自宅まで出張をお願いしたのですが、考えれば考えるほど疑わしくて、翌朝8時30分からキャンセルの電話をかけるのですが、全くつながらずに、結局は時間どおりにいらして、羅針盤で実際に鑑定してもらいました。話を聞いた後に、断りを入れたのですが、昨晩からその方の仕事は段取りができていて、それを断ると、**神ごとに使用されるべきのお金が他の事に消えて行く**よと言われました。怖いです。

しかし2日間でここまで話が発展して、月末に64万円どうして作れましょうか。断った事に対して、後悔はしていませんが、こういう一見おどしともとれるユタさんは初めてで、他の方も同じような経験をされた事があるかお聞きしたいです。

✉ ももかさん

64万円もお金を請求する人は絶対にユタではないと思います。ちょっぴり霊の声がきこえるちょっぴり見える。ユタってそんなもんじゃないですよ。現在沖縄で活躍している企業を育てた会長さんや社長さんを支えてきたようなユタが本物だと思います。

学問は一切ないけれども、神の声に耳を傾けただそれを教え伝えるだけ。そういったシンプルに活動をしているオバァのユタを探したほうがいいとおもうよ。

✉名前なしさん

私の母は高生まれと言われ続けて何十年もユタに通い、それこそ家が建つんじゃないか？と思う位の金額もユタの方へお支払いし続けてきました。あげくのはては、家族の和合どころか同居していた長男夫婦は離婚しそのショックから母は更年期と重なりうつ病をわずらい、精神科に1ケ月半入院し……。ふんだりけったりですよね。大変な時期でした。

現在の母は薬も減り、だいぶ落ちつきを取り戻し、ぽつりと**「おがみしても幸せになれなかったねー」**と言って笑う時があります。

私はユタが悪いとは思いません。いろんな宗教がありますけど、神様は同じだと思うんですよ。人間は弱いから何かに頼りたくなるのは当然だし、又、信じるなにか（宗教とか）がある方がいい場合もあるし……。ただ、本当に人のためだったら無償で拝みしたりするんじゃないかな?? というのがユタの方への疑問であります。

✉あやめさん

私は幼少時代から霊視が出来ました。それで、それを使って商売をしたらどうか？という友人の話に**「これを使って金儲けしたら神様に力を取られるんだよ」**と教えました。

霊能力は神から授かりましたが、それを使うにも「掟」があるんです。本当に困っていて自分を必要としている人を助けたい。金額を請求して商売にすれば力は無くなる……。では、どうすれば良いか？

金額を提示せず「お布施」として相手が差し出すお金を受け取れるようになることです。霊視をするのは非常に疲れます。1日に3名も見れば体はくたくたです。霊能者は体を酷使して相談者を見て差し上げました。それに対してのお礼はしなくてはなりません。それは同時に神に対して感謝の念をお渡しするという事になります。

ユタ、占い師に関わらず霊能力を使い金額を提示せず「お布施」として受け取る人は本物です。**千円でも1万円でも同じように感謝**し、神に対して「力を使わせて頂き有り難うございました」と感謝出来る本物の霊能者。現在、そういうユタ・占い師がいるのかどうかわかりませんが、ぜひ本物が存在していることを望んでいる私です。

✉かっちんママさん

ある方から、「感謝の気持ちは、お金を受け取った時に分かります。金額の大小ではありません。反対に、イヤイヤ出したお金は、喜んで受け取れないし、受け取っても念がこもっていて、大変」と言うのを聞いた事があります。

私自身も経験している事なので、これは本当です。

「金は口ほどに物を言う」と言いたい。2万円より200円の方が「あったかーく」感じる事もある。そういうもんです。

かっちんママさん

「お金を受け取らないのが良いユタ」という方が多いようですが、金額が高いか安いかは、他人に聞く事ではなく、頼む方も、この事（今、解決したい事）をやってもらうのにこれだけは支払っても良い、という**気持ちの準備**をする必要があるのでは？

私も拝みには1日3万～5万と聞いた事があります。プロに頼むならある程度の金額は必要だと思います。例えばどこそこを廻って、どんな事をするのか？　何日位かかるのか？　同行しなくてはならないのか？　移動の際の乗り物や運転手はどうなのか？　どんな物を用意すればいいのか？（お供え物にも結構かかると聞きます）　これをすることによって、どういう結果になるのか？（ここが一番のポイント）、そういう事も含めて説明が出来、わからない事を質問したときに、きちんと説明してくれる。そういう方が**信頼できるプロ**だと思います。

ウガンさん

1980年ごろで聞いた話です。某資産家が、宝くじで3000万円当たって、ビックリしていつものユタに相談したところ、そのお金（3000万円）を取るとあなたの財産は、みんな無くなると言われたそうです。迷った末、資産家は、宝くじを換金せず放棄したそうです。まさか～もったいない！　あきれてますね。私は、数年前、宝くじで初めて3000円当たり、換金を忘れて時効になりました。とてもショックでした。お金は、天下の回り物と言いますが、どこで回っているのやら？？

いいユタ、悪いユタ

✉むにむにさん

ユタにはどうやらそれぞれ種類（得意分野？）があるそうです。ユタに行く時は何を見てもらたいかによって、選ぶ必要があるみたいですよ。そんで、ユタの仕事はあくまでご先祖様や神様に聞いて、アドバイスや手助けをするだけで成仏させたりしちゃいけないらしいです（外すのはＯＫ）。それは、また違う人がするとか……。本当に沖縄の神事は奥が深いですよねぇ〜。

それから、ユタの人は**自分よりも生まれが高い人**のことを見る事ができないみたいで、あまり追い詰めるとそのユタ自身がだめになってしまう事もあるようですよ。普通の人にはわからない苦しみがあるんでしょうねぇ〜。

✉ｇｉｒｌさん

私も「ミーグソー」（亡くなってまだ間も無い仏さんの事をさすんですよね。意味合ってます？）の事で以前、経験した話があります。それは、おばーの初七日（忌）の前日に、法事の事で聞きたいことがあって、ユタの家（ヤー）を訪ねたら突然鬼の様な形相で母達に

「なんで家へ来た。帰れ〜！」

と怒鳴られ、玄関払いされたそうです。

ただでさえ祖母の死でショックを受けているのに、あんな冷酷な態度とられたんじゃ立ち直れませんよ（怒）。今おばがお世話になっているユタはよく当たるそうで、例えば子供の頃、友達から呼ばれていたニックネームが出てきたり、職場の同僚の名前や性格なんかも出してきて凄く驚いたそうです。たとえ本人が知らない先祖の名前が出てきても、詳しく説明するそうです。今こういうご時世ですから、とても忙しく、なかなか予約も取れないそうです。悪いユタばかりではありませんが、**良いユタに出会うには運もありますよね。**

✉ おじゃるさん

インチキ（？）なユタにうちの家族は悩まされています。長女がはまってるんです。しかもそのユタは長女の友達。姉が離婚したのは拝みしてないからといい、週末はほとんど拝みに来てました。両親はユタを信じていない人ですので、毎日ケンカ状態でした。まあ、結局は父が言いくるめられて、頑張って拝みに参加してましたが……。許せないのはユタの言い方ですね。**「拝まないと家族の誰かが下半身不随になる」**とか脅すんです！ そんなことって本当にあるんですかね？「拝んだら全てよくなる」みたいに言ってて、絶対信用できません。最初は信じて姉に協力してましたが、もう今は一日でも早く目を覚まして欲しいです。

✉ユタこーやーの家さん

父がだいぶ前に自殺し、それからというもの母はユタ通い。ウガミしないと長男、次男にたたりがくるよといわれて5年間で190万円ユタにつぎこんでしまったらしい。沖縄は祖先崇拝をこんだけやってるのに、なんでたたりだわけ？　ユタこーやーもできないヒンスーは、じゃあどうするばー!!　神様は金持ちしか助けないってことかー。おかあああー、**いいかげんに目を覚ませよーーお。**

✉子供大好きさん

私が高校1年の頃、夫婦関係に悩んでいた母がユタを家に連れてきました。風邪をひいて熱を出していた私は学校を休んで2階の部屋で寝ていました。お昼頃、1階から妙な話し声がするので見に行くとそこにはあやしげなおばさんが……。

「この人誰？」と母に尋ねると「いろいろ見てもらってるからあんたも来なさい」と言うのです。「熱出てるならこれやりなさい」とこれまたあやしげな首輪を取り出し、私の首にかけようとしたので断ると、**「この子は憑かれている」**と言い出す始末。なんじゃこいつ!!　とムカついた私を見て「ほら、嫌がってるでしょ。憑かれている証拠よ」と母にささやきかけました。きいいいい!!私は「お母さん、こんなの信じてるわけ？　ばかじゃないの!?」とそのユタの前で捨て台詞をはいて2階にあがり、熱でほてった（怒りでほてった）体を休め眠りにつきました。

その後、そのユタは「大変さーあんなに操られて」みたいなことを延々と話しながら帰っていったそうです。ユタが帰った後はユタから預かった首輪をするしないで母と大喧嘩し、あまりにもバカげていると思ったので母の目の前で**引きちぎって捨ててやりました。**でも悪いことも起こらなかったし熱も下がったし（薬で）、私の判断は正しかったと今でも確信しています。

バナナさん

何年か前に家に火の神などを祀ることになり親戚の親戚のユタの方に神様を呼び寄せる儀式を何回かお願いしました。そのユタは二人でペアのユタだったのですが、拝みの初日、母はそのユタを迎えに行かず家で待っていたのですが、ユタは普通は迎えに来るものだと怒っていました。それからはわざわざ中部まで（私の家は那覇）迎えに行ってました。

そしてお昼ご飯も毎回、食堂に行ったりお弁当を提供したりしていたのですが、**ごちそうされるのが当たり前**のようで、ご馳走様もありがとうの一言もありませんでした。お礼も払っているのに食事や車の手配までしなければならないのが不思議でした。それと私の経験とは別に、ユタは人を助けたりするのが仕事なのになぜ高いお礼をもらうのかが不思議です。ほんとに人助けならもう少し安くてもいいいと思うのですが。

名前なしさん

先月、北大東島でサトウキビ農家を手伝っていたときのこと。体じゅうに原因不明の発疹が出ました。かゆみで夜も寝られないほどです。虫？　サトウキビの葉のとげ？　どれもここまでの発疹を起こすはずがありません。はじめは笑っていた農家の人も、あまりに僕が苦しむので、「もしかして、畑に何かいるんじゃないか」と、両手を持ち上げてひらひらさせる始末。（幽霊のポーズですな。）

まさか、と思っても、疑いきれないのが沖縄という土地。そこでユタ薬の登場です。農家のおばあが持ってきたのは、酒の小瓶に、お米が一つまみ沈んでいるもの。ユタが息を吹きかけて作った薬だとか。「飲むんじゃないよ。お風呂に入って清めてから、全身に塗るんだよ」はい。「効くと信じて塗らないと、効かないからね」。

言われたとおりに塗り、さらに、畑で殺したムカデのせいかとも思ったので、部屋の中で畑のほうに向かって塩と水を供え、うーとーとーしました。これで翌日さっぱり直っていたら不思議な話で終わるのですが、**現実は厳しい。**その後5日間、かゆみは取れませんでしたとさ。

✉girlさん

紹介してもらったユタが、誠のむん（本物なのか）か見分ける方法として、「家の中が綺麗にされている」「そこ（ユタ）の子供が何の問題もなく育っている」など。

とくに子供が成功（事業など……）してたりすると安心できると叔母が言ってました。地元では結構ポピュラーな見分け方だそうです。

Boo子さん

私は昔ユタにだまされ全部で200万円つぎ込みました。そのユタを疑わしく思いユタや宗教についていろいろ調べました。参考になれば幸いです。

1、自分のことをいい人と言うユタは注意。(皆自分はいい人だろう)
2、関係ないことを判示する人は注意。
3、神事をしないと家族か大切な人が死ぬという人は注意。
4、死んだ人を神様という人も注意。(人は神格化しても神ではないとあるユタがいっていた)
5、死んだ人に聞くか守護神に聞く人か見極める。(相談者の後ろに誰がいるか聞けばわかる)
6、金さえ出せば誰のものでも判事する人は注意。
7、相談者を悪く言う、または、悪口ばかり言う人は注意。

木霊さん

ユタ(霊能者)がいくら当たったとしても、むやみに信じてはいけないです。確かに霊能力の高い霊能者(ユタ)は存在しますが、反対に次元の低い低級霊に憑依された霊能者(主に動物霊が神を語っている場合が多いです)も大多数で存在するからです。霊能者(ユタ)と呼ばれる方の90%近くは次元の低い霊を神だと勘違いしているといっても過言ではありません。本物の見分けかたとして、

1、その霊能者の行いが美しいか

神や高次元の存在はキタナイ所には寄りつきません。質素であっても整頓された清潔な所に住んでいるか、やさしく、グチ、悪口は言わない、謙虚であるか。

2、必要以上に金品や供養を要求しない
神は心をまず大切にします。大金や必要以上の供養は指示しません。

3、瞳に強さ、やさしさを感じられるか
低次元霊が憑く霊能者は瞳がウツロで定まりません。

4、直感を信じる
相談される方の心の声に重点を置いてください。人間は誰しも霊的能力が既に備わっています。自分を信じましょう。

種まきトカゲさん

ユタにも本物とニセモノがいると思います。精神科の領域で誇大妄想（自分自身を過大に評価する）というのがあってその中に**宗教妄想**（自分が神様やその使いあるいはそれらの生まれ変わりと信じている）また、**つきもの妄想**（憑依妄想）（神様や動物が自分に乗り移っている）があります。ユタの中にも自分がユタであると勘違いされている方もいらっしゃるのではないかと思うのです。医学的なことと霊的なことの判断と区別は難しいでしょうが……。ユタ選びは慎重にされたほうがいいと思います。

ユタの笑い話

✉いたちっこ☆さん

那覇のとある小さな教会の2階に住んでいて、自治会長をされているお祖父さんに聞いた話です。会長さんが言うには……教会の近所にユタをされてるお婆さんが居るそうですが、あまり幸せではないようで、いつも「あっち痛いこっち痛い」してるそうで、時々「また変なのに憑かれたさあ～**祈ってちょうだい！**」と言って教会を訪れるとか。そして「**あ～っスッキリした～**」と言って帰っていくそうです。でもまた暫くすると同じ様にやって来るそうです。

先日、自治会長さんが朝の散歩をしてそのユタの家の前を通ったそうです。その時、黒いものがユタの家の玄関から飛び出してきたのを感じた会長さん。「これは悪霊だな！」と直感し……「イエス・キリストの御名によって悪霊よ去れ」と祈ったそうです。するとその黒いものはユタの家の玄関に戻っていったそうです。

その日の夕方、またいつもの様にユタがやって来たようです。今日は足をひきずりながら……どうしたのって聞くと「朝、出掛けようとして玄関から出ようとしたら、いきなり変なものが前から入ってきて倒された」そうなのです。自治会長さんがその時間帯を聞くと、朝、会長さんがその家の前で祈った時刻とピッタリだったようです！ 自治会長さんもびっくりしたようですが、いつものようにお祈りをしてあげて……その事は秘密にしておいたそうです。「これ聞いたら怒るはずよ～!?」って。

ユタさんも色々大変なんですね〜。マブヤーマブヤーです。

ぶるーべりーさん

ユタには独身時代に、結婚はいつできますか？ などの軽い相談を何度かした事がありますが、恋愛が得意なユタもいれば、それこそ命や病気にかかわる深刻な相談に来る人も多くて、そういうユタに結婚は……？ って聞いたら**「好きな人としなさい！」**って怒られたことがあります。

私の祖母が事故で亡くなったときの話ですが、頭を手術のために髪の毛を剃ってしまったので、かわいそうだからとカツラをかぶせてから火葬したらしいんですが、ユタにみせたら**「ぬーがうれー（何これ）頭にへんなのがのっている〜」**と言ってたそうです。ユタに説明してもらって納得したらしいです。

おばーは死んでもおもしろい……。

ユタしくうにげ〜さびらさん

以前、知人から聞いたあるキャリア・何十年のユタの方らしいのですが、その方が大病を患ってしまい入院、ついには危篤となってしまい、呼び出された親族にみとられ息をひきとってしまったそうですが、その最後に一言、「わんねぇ〜じちぇ〜ユタりぃ〜し、**ゆくしるやたんど〜……**」（私が今までユタだったのはじつはウソだったんだよ〜）と言ったとか……。親族は絶句！……オイオイ……おばぁちゃん、どうせなら「ぐそ～（天国）」までそんなウソもってってってくれよ～。
多分、おばぁちゃんも閻魔様が怖かったんだろうというホントの話……。

【tommy】

ユタ……不思議な存在ですね。冠婚葬祭における全ての行事に影響力を持ち、体調不良の際には医者と並んで頼りにされ、家作りにおいては家主や設計士よりも発言力を有している場合もあるようです。

また、驚くような事を言い当てるユタがいる一方で、多額の金を要求してくるユタがいたりしますが、ユタの生活は苦労の連続という話もあり、やはり謎に包まれた存在です。

第6章　オキナワの昔話

与那原テック

✉こうたろうさん

こどもの頃、遊園地と言えば与那原テックでしたね。**ジェットコースター**（今思えば、かなり貧弱かな?:)）、**リフト、観覧車、回転椅子、ゴーカート、メリーゴーラウンド、回転カップ、**めぼしいものは全て乗りました。
プールもありましたよね。でも小さすぎて、上まで行ったけど怖くて滑れなくて、横の長い階段をしゅーんとなって降りた事を覚えています。なんか楽しかったな。

✉とまとさん

私が小学校の頃、ゴールデンウイークに実家の嘉手納からはるばるバスにゆられて行ったのを思い出しました。あの頃はオイルショックで、トイレットペーパーが買えなくなるって噂で大騒ぎでした。与那原テックで楽しんだ帰りに食堂に入って、トイレに入ると、最近は見れなくなったあのポットン便所のトイレットペーパー代わりに**雑誌が積まれてました。**小の方だったので、硬い雑誌でふいて痛い思いをするよりも、そのままのほうがましだと、用を済まして出ました。なぜか、与那原テックの事を思い出す度、ポットン便所のことを思い出す私です。

✉ジャンバさん

今から20年程前、高校生だった私達が修学旅行で本土を訪れた時、バスガイドのお姉さんが確か東京ディズニーランドの話を持ち出し、「沖縄にもそういった遊園地ありますかー?」と聞かれ、クラスの男の子達が声を揃えて**「与那原テック!!」**と力強く答えたのを、思い出します。

✉m-iyaさん

与那原テック、あそこは入ると千円券っていうクーポン券みたいのを買って、乗り物ひとつ100円とかで乗れるんですよね。確か。ジェットコースターもありましたね。ジェットコースターそのもののスリルより「このレール、いつか外れるあんに?」という恐怖感がありました。

✉ビードさん

確か一時期なんですけど「与

那原テックフリーパス（1年使用可）」なるものがあって、そのパスを使うと全ての施設が1回だけタダ！てのがあったんですけど覚えてる人いますか？　家が近くだったんで、そりゃ毎日通いましたね～。そりゃ365日全部の施設がタダならねぇ（1回だけね）夏休みは朝から晩までいたなぁ。

✉安藤 龍さん

私は野球ボールをバズーカ砲で標的に当てるのが好きでした。不思議なのはうちのウージ畑にタンクを作り、色んな薬品で何か検査をしてる様で、タンクのまわりに転がってる茶色の薬品ビンを見るたび何か見てはいけない物を見てしまった不安が今でも残ってます。

小学生の頃は**サルが檻から逃げて**猟銃を持った大人が追い回す光景とかありました。

砂辺スポーツランド

✉ともさん

昔沖縄に巨大迷路ありましたよね？？ 13、4年くらい前になりますかね……友達によると砂辺だはずよってゆうんですが……。あと冬なんで沖縄市にあったはずのアイススケートランドにまた行きたいこの頃です。

✉ハルさん

そうそう。私が小学生の頃なので多分10年前位かな～砂辺の「砂辺スポーツランド」っていう所に巨大迷路はありましたよ……そのとなりにゴーカートっていうのかな～二人のりの車に乗ってコースをみんなで競走したのも覚えています。

コザの街並み

✉なつまろさん

昔沖縄市に**「東西百貨店」**ってあったの知ってますかー？ 家具とか装飾品とかいろんな物売ってたと思うけどふと思い出してみました。

5Fくらいに**「ミステリーゾーン」**ってお化け屋敷もあってなんとも不思議なビルでした。

✉ここさん

東西百貨店、ありましたよ！

20数年前ですね。あの頃、コザでは唯一エレベーターのある建物でクーラーも効いてるし、夏休みにはかっこうの遊び場でした。ミステリーゾーンなるものもあって、あの当時の小学生で行ったことのない子供はいなかったはず。今はその建物はないと思います。

✉のどのどさん

沖縄市一番街の歌ってのがありましたよ！

♪ファッションの街　みんなして（？）
髪がゆれ　風がふいたら　こんにちは
散歩してた　子供と風船　この街は　見る街　買う街　憩いの街

（ナレーター）

「沖縄市一番街は今日も！」だったと思います。

✉まっちさん

ところで**「わこうグリーンプラザ」**をご存知の方はいらっしゃいませんか？　銀天街の近くにあったのですが。中学生の頃はよく学校の帰りに寄り道したものです。

✉みつばちさん

「わこうグリーンプラザ」私も、昔よく遊びに行ってました。5歳くらいのころに、生まれて初めて迷子になった場所です。コザ十字路を、国道３２９号を南下する向きに行って50メートルほど行って右側にありましたよね。写真屋さんの隣だったはず。

その昔、**サザンオールスターズ**が屋上に来た事があって、沖縄の人のあまりのうちなータイムに怒って、それ以来沖縄へのツアーをやめるようになったとかいう噂がありました。実際のところほんとにあんなところに（失礼……汗）来たんでしょうか？

✉あおさん

サザンはデビュー当時に沖縄へ来ました。しかし、沖縄のプロモーターに騙されてコンサート代とかを**持ち逃げ**されたそうです。それ以来、しばらく沖縄には来なかったみたい。去年の沖縄ライブの前のラジオで言ってましたよ。

後、沖縄の人は恥じかさーしてあまりノラないのでコンサートはやりづらいみたいです。

嘉手納の映画館

✉ZEANAさん

嘉手納町には**映画館が5つ**ぐらいあった時期もあったようです。戦後～復帰直後まで嘉手納は基地の町として栄えてたのですが、旧メインストリートが730の影響で現在の国道58号から目立たなくなって（右側通行→左側通行になった影響）衰退したそうです。現在でもその通りは残ってますが、殆ど知ってる人はいないでしょう。昭和50年代後期にその通りに「嘉手納国映」という映画館が出来ました。映画「十戒」の大きな絵が書かれた入り口がとても印象的で、小さいながら結構楽しめる映画館だったのですが、通りの衰退もあり10年も経たないうちに閉鎖になってしまいました。

ローラースケートランド

✉イルカさん

ふと那覇にも**ローラースケートランド**というのが確かあったなと思い出しました。結構人気あっていつも混んでたの覚えてるけど、今はあの辺どうなってるんだろー。

✉たまちゃんさん

安謝の方（スバル自動車とかの後ろの方）にありましたよね。私も、小学生の時にたびたび行きました。**まるいコース**を、ただひたすらグルグルグルグルと……何が楽しかったのか（笑）

✉SHO1さん

ローラースケートランド、う～ん、懐かしいですね。外国の曲（ビー・ジーズ、ベイ・シティ・ローラーズ等）をBGMにしミラーボールの光を追って、滑っている時は少し大人になったような気分でしたね！　あと、スケート場の中にあったハンバーグがとてもおいしかった記憶があります。そんな場所の食べ物っておいしいんですよね！　天久にあったアイススケート場のラーメンもおいしかったな～！　しかし、過去のうわさ話ってモロに年代がバレバレですね。

那覇で会いましょう

✉**jetlでぶさん**

国際通りのむつみ橋交差点（OPA前）に昔は**歩道橋**がありましたよね？？ みんなに聞いても分からないと言うから！ たしかあったような気がするけど……。

✉**miyaさん**

むつみ橋の歩道橋は10年前ぐらい前まではあったじゃないですか！ 意外と覚えてない人が多いんですね～。歩道橋からしか入れないビアホール（2Fに直結）があったのを覚えています。それから、県知事選挙とか、県議会議員とか大きな選挙になると、むつみ橋のところで最終日（投票日の前日）に、候補者と支援者がみんな集まって打ち上げをやってましたよね。**橋が折れるんじゃないか**と思うぐらい人が集まってて、ハチマキが候補者別に色が分かれてる光景が印象的だったなあ。

場所が取れなかった候補が、寂しげにマキシーの前あたりで一生懸命最後の演説をしてたのもかわいそうだったなあ。

✉**ななさん**

平和通りで小さなガラスのショーケースに指輪やライター等を展示販売していた大きなほくろのあるおばさんや、洋服売りの**1000円おじさん**。年末には、平和通り入り口に必ず現れた戦争で手足を失った人の募金運動？ みたいなもの。当時、私的には**ミミショップ**はお洒落な大人の女性しか入れそうにないくらい、敷居が高かったという記憶があります。あと、知っている人いるかな？ 安里の「**1年2組**」に西武オリオンの地下にあった「**B1**」。

✉**晃世さん**

ん～安里にあった1ねん2くみ、よーく覚えてますよ。自分の姉貴がバイトしてました。当時は万引きが多くてよく姉貴がぼやいていました。で、その頃僕は高校生にもかかわらず、**DISCOに夢中**で、よく通ってました。

バスターミナルの横にあった大御所のバースデー、それからクィーンエンペラー、シンデレラ、シャン、サンシャイン、コルドンイエロー、ビバユー、トゥモーロー、ギャツビーハウス、エイリー、ザップ、コナガーデン、ビブロス……。
　コザの方では、クレイジーホース、レディーキラー、クィーン、アイランド、などなど。で、外国人の多かったマンハッタン、アップルハウス、8ビート、ニューヨークニューヨーク、ウイスキーアゴーゴー、などなど。

✉りえさん

私が小学校低学年の頃、Yナンバーの黒人さんの運転する車がなぜか平和通りを通っていて、交番のおまわりさんが飛び出してきて「ここ、ここ、ノー、ノー!!」って地面を指差してすごいジェスチャーであびあびーしていました。外国人の人も、「えっ？聞いてねーよ！」って感じで、きょとんとしていました。そしておまわりさんが、**Yナンバーの車を歩いて先導**して無事、国際通りまで送り届けていました。あの頃はアーケードもなくて、お日様サンサンとしていて、賑わっていましたよねー。
　そして、開南バス停の片手のないおじさん！紺のブレザーと、運転手さんがかぶっている、帽子姿のと言えば、お分かりでしょう。バスが来て、行き先を大きな声で案内したり、荷物を持ったお年寄りを援助したりで、子供ながらに「片手なのに（ごめんなさい！）こんなにすごいことが出来るんだ！」って感動していました。ホントかっこよくて私の心の中では、ちょっとしたヒーローでしたよ！

✉田舎娘さん

三越の**「東宝映画劇場」**。当時小5～小6頃だった私は、ちょっとおませな友達に誘われて初めて親同伴無しで那覇へ映画を観にいきました。その頃ちょうど百恵ちゃんブームで、観た映画はタイトルは忘れたが、（確か三浦友和との共演で、サンフランシスコが舞台の恋愛物だった様な……）すごくドキドキしたよな～。その後、その友達の行きつけの喫茶店「くるみ」（平和通りに面したビルの2階にあったと思う）で、当時の小学生にしてはおしゃれな（？）パフェを食べました。

✉ **Mark san さん**

東宝劇場、高校の全学年でひめゆりの塔を見に行きましたよ。平和学習の一環だったんでしょうけど、当時その映画にエキストラとして同級生がチラッと出演していて**彼女が登場すると拍手**が湧いたのを覚えています。むつみ橋は風が吹くと女性の**スカートが見事に開く**との事で、クラスの男子三人で側の喫茶店でお茶しながらその時を待っていたのが懐かしいな～。数時間まったけれど結局開かなかったけ。

✉ **霧瀬さん**

フェスティバルの地下に、確かツタヤがあったと思います。地下への階段の入り口に看板(?)もあって、降りて直ぐ右脇だった様な……私の記憶では、**ツタヤ沖縄一号店**だったのですが。

✉ **おさむさん**

はい！フェスティバルの地下にツタヤがあったの覚えてますよ。僕、そこでよくビデオのレンタルしてましたよ。いまのABCマートのところですかね～。ちなみに今はなくなってしまいましたが国際ショッピングセンターの2階か3階にボウリング場ありませんでした？

✉ **SHIRO さん**

国際ショッピングセンターに、ボウリング場もありましたよね。正面入り口の向かって右手の階段から上がっていって確か3階だった様な……。地下に**「木こりや」**という甘味処がありませんでしたか？ そういえばフェスティバルに映画館がありましたよ！ すごく短い期間だけでしたが。たぶん10年前位かと思いますが、6階か7階のディスコ(死語)が閉店して、その後にマイナーな作品や昔の作品を上映するシネマホールみたいなのになってた時期がありました。しかし、あまりお客さんがはいらなかったのか、あっという間になくなってしまいました。

jetでぶさん

　国際ショッピングセンタのボウリング場、5〜6レーンくらいしかない小さなボーリング場でした。若干レーンも短いような気もしましたが……。
　中学校の時は、5階くらいにあった**マックスラガー**へ、学生服の短らんとか学らんのボタンとかにお金を掛けた時期もありました。小学生のときはスポーツショップ**「マルタ」**のとこでマックスラガーのお客さんにジンカメーにあったこともあるし……。

hanaさん

　ダイエーの閉店ニュースを見ました。寂しいですね。同じフロアにいくつもレストランがある「レストランフロア」というのは、ダイナハが初めてだったんじゃないでしょうか？ ウチの母もそれまで下着とかは平和通りと壷屋の間にある、**「オリタ」**（サンエーの前身ですね）で買ってた記憶があるんだけど（確か木の床でした。それはそれで懐かしいんですが）ダイナハができてからはダイナハ一辺倒でしたねえ。

やんきちさん

　昔、ナンミン（波の上）の、とまり大橋ができる前、水上店舗があったの覚えてる人いるー？ あの水上店舗が火事になった時、消防車が来る前に**おしっこで火を消そうとしてたのは私です。**（たしか小学校の2年生くらいのころ）おしっこをかけていたら消防士のおっちゃんにおこられました。それにしてもすごい火事だったなー！

浦添の銭湯

こんさん

　20年位前、**浦添（場所もはっきり覚えていません）に銭湯が**あって気に入ってたまに行っていました。確か首里から東陽バスに乗って山を登るような感じでバス停のすぐそばでした。はっきり覚えているのは、経営者がスペインの方だったということです。

TAKUさん

　確かに浦添に銭湯は存在していましたよ！ たしか場所は浦添市役所から58号に向けて、パイプラインとの交差点、現在（今もあるのかな？）エッソのガソリンスタンドの場所にありましたよ!! もう、27～28年前ですねー。

南陽相互銀行

しちごさんさん

最近朝の通勤中に目についたのですが、宜野湾市大山の58号線沿いにあるヤフーBBスポットの隣の建物に**「南陽相互銀行」**のペイントがうっすら残っているのですが昔、沖縄にそういう銀行があったのでしょうか？今では全くきいたことのない名前なのでちょっと気になります。

YUKIさん

確かに沖縄が復帰する前、1950年代には「琉球銀行」「沖縄相互銀行」「コザ信用協同組合」の他に、「南陽相互銀行」「三和相互銀行」という銀行があったようです。いつまであったのかは、わかりませんが……宜野湾市大山に建物がまだ残っているなんてすごいですね!!

首里人さん

「南陽相互銀行」、確か、**私の祖父が頭取**をしていた銀行と聞いています。何せ私が生まれた頃（1974年）には沖縄銀行と合併していて、その際に祖父は引退したようです。その祖父も私が1～2歳の頃に病で亡くなった為、親から聞いた話です。

復帰前、あれこれ

島ないちゃ～さん

復帰の年だったと思うけど、今で言うスマイルマーク（ピース？）、昔は**ニコニコ**って言ってたような……。アメリカからノート・下敷き・筆箱・バッジみたいなのいっぱい貰ったよね～。小1だったから意味解らんかったけど、とってもうれしかった記憶がある。

koshiさん

ニコニコセット、よーく覚えています。その当時うちの親でさえそんないい物を買ってくれなかったからです。しかしあれが、アメリカからのプレゼントだったとは、全く知りませんでした。多分うちの親も知らない筈です。**知っていたら有無を言わせずゴミ箱行きです。**
それが、無事に捨てられる事も無く、筆箱は割れてしまい、下敷きは訳のわからない落書きで真っ黒になり、ノートと鉛筆は使命をまっとういたしました。懐かしいなぁー！

✉**miyaさん**

私が子供の頃って、いわゆる「日本製」のお菓子が身の回りにあまりなかったですね。チョコレートも**銀チョコ**だったし(ハーシーのキスチョコなんてオシャレな呼び方はしないし)、コザに住んでいた親戚のおばあが、いつも**ゼリーにサトウを一杯まぶしたお菓子**（ミントが入っててピリッとする)を食べてたし。それが普通で、憧れのお菓子は「不二家のミルキーチョコレート」でした。今でもコンビニで見かけるとついつい買ってしまうのは、当時のコンプレックスを引きずっているのだろうか。

✉**いさんみ〜さん**

夫の少年時代（もちろん、復帰前）父親というものは家の中でもっとも偉く、「おとうが言うことは絶対」的な存在でした。ある日、学校から帰ると、家で飼ってる犬がいなくなってて母親に聞くと**「おとうが解体屋に持って行った」**との事。しばらくすると、父親だけが帰宅。この父親、前にも旦那さんの兄が飼っているマングースを夕食に出した前科の持ち主。このままじゃ、マングースの二の舞になってしまう。そう思った旦那さんと兄は、夜中こっそりと家を抜け出し、犬の解体屋に忍び込んで、解体待ちで繋がれていた愛犬の綱をほどいて外へ逃がしてやったそうです。
次の日、解体屋の主人と父親との間で、どんなやり取りがあったのか、子供だった旦那さんにはわからなかったけど、**〈愛犬を食卓に上げる〉**という悪夢を回避することができ、マングースの恨みを晴らした兄と、ひっそり喜び踊ったそうです。

730

✉**うふぐすくさん**

私は730（交通方法変更）の**ポスター**を持っています、どこから貰ったかは覚えていませんが。当時道でマスコット人形も配っていましたよね、花笠をかぶった5センチくらいの**琉球人形**を。

✉リーサーさん

730の時に配っていた琉球人形、つい最近まで実家にありました。うふぐすくさんの730ネタを読んでいて思い出したんです。それで父に電話したら**「色あせたから捨てたよ」**という悲しい返事が……。

私達一家は、730の日に大阪からフェリーで上陸し、4年間浦添の伊祖で暮らしていました。さてフェリーから降りて、父の運転する車で港の舗装されていない道を走っていたら、先方に土ぼこりが……。車を走らせて行くと、タクシーが私達の走っている車線を逆走してくるじゃありませんか！　父がクラクションを鳴らすとタクシーは、慌てて車線を変更しました。すれ違いざまに運転手さんは、「今日からだったさーね！」と笑って走り去って行きました。子供ながらに、**この島大丈夫かしら**……？　と不安になりましたよ。

✉玉ちゃんさん

今住んでいるI島では、その名も**「730交差点」**という名前の交差点があって、名前の由来が、730の変更時期に大きな石に730のマークをでっかく刻んだ石碑のようなものを交差点の一角にデーンと置いてあるからなのです（今現在も）。観光客とか、内地からの移住者に、「730の意味は？」とか「この三角形の矢印マークなに？」って聞かれるので、30年近く経ったいまでも、記憶の隅ではなくてとても身近にあります。

ベイシティローラーズ

✉ティナさん

某缶コーヒーのCMで流れてる、BCR（ベイシティローラーズ）の「サタデーナイト」を聞いてて、そういえば**70年代に一度沖縄でコンサートをやってたなぁ**……と、ふと思い出したのですが……。

世界で旋風をおこしたあのBCRが日本ツアーで、この沖縄にも来てくれたんですよ。沖縄市営体育館で……今ではとても考えられないことですよね。
うちのお兄ちゃんは、しっかり友達とコンサートに行っていました。私はコンサートでもらった「うちわ」をもらいました。

✉**レスリー大好きさん**

コンサートに行きましたよ。小学生だったので、チケットはなんか**飲み物のフタ?**を集めて応募し見事ゲット! 先生も早退を許してくれて、友人とコンサート会場へ……。もう、ホント良かったです。あ~懐かしい、久しぶりに曲聞きたくなったなぁ。

✉**サルマタケさん**

BCRのコンサートは、1977年9月30日PM7:30から行われました。観客7千人! 警察官110人余、**失神者50人!** 沖縄市市営体育館は、BCRインオキナワと書かれたうちわをふりかざした少女たちで盛り上がったと当時の新聞に書かれていました。前日には、空港でまちかまえていた300人余のうち学生50人が学校をさぼって補導されたそうです。中には県外の人もいたようです。
ビッグアーティストといえば、74年? 頃**ジェームス・ブラウンが具志川闘牛場! でライブを行ったようです。ゲロッパ!**

牛乳いろいろ

✉**さららさん**

最近あまり見かけないビンの牛乳ですが……確か子供の頃に**「リンゴ牛乳」**というのがなかったですか? ちょっと黄色っぽくて甘酸っぱくて大好きだった記憶が……?? ピンクっぽい「イチゴ牛乳」もありましたよね?

✉**玉ちゃんさん**

「リンゴ牛乳」懐かしいですね~よく銭湯とかにもありましたが、普通に商店にもありました。薄い黄色っていうか、蛍光色っていうか。数年前に、ふと思い出して探してみました。「イチゴ牛乳」とか「フルーツ牛乳」とかはありましたが肝心の「リンゴ牛乳」が無~い! 思い立って、「自分で作ろう!!」と、**リンゴジュースに牛乳を混ぜたら**、なんとなく近い味になりましたよ。

✉ **こうたろうさん**

近所の商店に、牛乳、コーヒー牛乳、イチゴ牛乳と並んで、黄色い色をしたりんご牛乳がありました。味は、りんごの味はしなくて、**ヨーグルトっぽい味**で、でも、りんご牛乳と呼んでいた記憶が……。ただ、学校給食が瓶から三角パックに変わった頃には、なくなっていたような？ ちなみにわたしは１９７１年生まれです。

ブルーシールドリンク

✉ **飲みに行こう！さん**

「ブルーシールのチョコドリンク」はいまどこに？

私が子どものころ、よく母がスーパーでチョコドリンクと牛乳がセットになったやつを買ってきてくれて、よく兄弟で奪い合うように飲んでいました。時々むしょーに飲みたくなる時があります。

飲みに行こう！さまへ

ブルーシールのチョコドリンクは**製造中止**になったそうです。関西の甥っ子へ時々クール便で送っていたのですが、あまり見かけなくなって直接浦添のブルーシールへ電話を入れたらその答えでした。最近アイスクリームで復活と宣伝していますが、まだ食べたことはありません。

✉ **玉ちゃんさん**

ブルーシールが販売しているドリンクは、〈ＭＩＬＫ〉だけになってしまいました。僕的には、**〈エッグノッグ〉**が大好きだったんですが、それも終売……。知っています？ エッグノッグ！ エッグってくらいなんで、卵が入っているんですが、アーモンドとか色んな材料が入ってて、チョコドリンクよりも更にトロ～～リッ。サイダーで割ったり、ＭＩＬＫで割ったりしてミルクセーキの豪華版みたいな飲み物でした。そのまま飲むと、ファーストフードのシェイクみたいな！　劇甘!!

✉まめ吉さん

懐かしのブルーシールチョコドリンクは最近になって**アイスバーになって復活**してますよ～。スーパーでポスターを見かけたのでわざわざアイスコーナーで実物を確認しました。あの懐かしいパッケージデザインそのままでアイスに変身してました！

✉BoABoAさん

今はもうなくなったブルーシールのチョコミルクが**沖縄ポッカから缶入りで発売**されました。小さいコーヒー缶サイズで１２０円でコンビニで売ってました。ちょっとあじくーたーでした。今でも牧港と北谷のブルーシールでオリジナルは飲めるそうなので、飲み比べてみたいと思います。

ラブポーン

✉名前なしさん

昔、「ラブポーン」ってお菓子があったのを覚えている方、いらっしゃいませんか?

麦っぽいお菓子で、コーヒー風味で、ミルクをかけて食べるとミルクがコーヒー牛乳みたいになって、超おいしかったんですよ。子どもの時、よく朝ご飯とかに食べていたんだけど、最近見ないなぁって思って。「ラブポーン」のキャラクター（典型的メキシカンみたいな、**ポンチョ姿のヒゲオヤジ**らしき人）をもう一度見たくて。味がどうこう、というよりも、あのオヤジに会いたくて。

✉cospaさん

「ラブポーン」覚えてますよ～！袋の上下がオレンジ色で真ん中は中身が見えるタイプでしたよね。**「ムギムギ」**っていう同タイプのお菓子が１００円ショップで売られていました。昔、ラブポーンと並んで売られていた覚えがあるんですけど……。

✉なななしさん

私は今アメリカに住んでいますが、ここでも「ラブポーン」らしき商品、多分名前は違っても同じような商品は見かけます。「ラブポーン」は**朝食向けのシリアル系**ですね。アメリカの食料品売り場ではシリアルの棚に並んでいます。

脳みそせんべい 塩せんべい

✉風鈴さん

「脳みそせんべい」について、今でも売っているのでしょうか？ 大きさは塩せんべいぐらいで、色はピンク。せんべいの**表面は脳みそ**のようで、確か味はえび（？）のような感じでした。

✉ばおばおさん

脳みそせんべいについて……。むかーし、昔浦添の仲西小学校の近くに住んでいた頃、小学校の裏門の近くに脳みそせんべいを作っているところがあって、よく10円持って、買いに行ってましたよ。今は普通のスーパーなんかに、よく似たものが**「ポンせんべい」**という名前で売られていますよね。

でも、脳みそせんべいとは堅さがちょっと違うんだよね。ポンの方は麩菓子のような感じだけど、脳みそせんべいはちょっと堅めのサクッ!! というような感じ。でも、味はまあまあ似ているので、それで我慢してみても良いかも……。

✉ｍｉｙａさん

ウチの近所には塩せんべいの工場がありました。塩せんべいは１枚10円ですが、工場で直接買うと**卸値で５円！** しかも焼き立てでほのかに温かく、さくさくして非常においしかったです。（ただしチョコジャムは売っていないので持ち込み）よく学校帰りに通っていたのですが、その工場主は夫婦仲が悪く、せんべいを買いに行くと、ちょうど夫婦喧嘩の真っ最中だったことがよくありました。奥さんがブスっとした顔でせんべいを紙袋につめてくれたたっけなあ……。

まるぜんぬ ハンバーグ

✉おさむさん

むかしのＣＭで**「♪まるぜんぬ～はんば～ぐ～」**ってありましたよね？

✉りえママさん

中年女性が方言で「まるぜんぬハンバーグ、うさがてぃんじみそーちー？ いっぺーまーさいびーん！ **あんだんかいチャーラー！**」っていうヤツですよね。せりふは方言でもっと長かったけどここまでしか覚えていません（仲田幸子さんだった記憶があるんですが……）。

当時、私は小学校低学年でしたが、その方言のせりふを全て覚えていて、親やおばーにそれをぺらぺら～っと聞かせると、大喜びでしたねー！ オキコラーメンのＣＭもありましたよねー。**「ちゅらちゅらちゅらちゅらー、ちゅらちゅらちゅらーー！ 海賊らーめんちゅらちゅらちゅらーー！」**って感じの歌が流れていて、海賊が船の上から望遠鏡をのぞいている動かないアニメＣＭです。ラーメン袋の中には、焼き海苔も入っていました。

✉ひこむむさん

「まるぜんぬ～はんば～ぐ」！

確か冷凍食品のハンバーグで、**直径約10センチくらい**あったかな？ 幼い頃の記憶で、実際はもっと小さかったかも。一口食べたら、とても香ばしい香りで、味も最高でした！

僕の恋人デイリークイーン

✉ちるかさん

20年近くまえに、与儀にデイリークイーンという店がありました。ここのソフトクリームが大好きでした。

✉Amyさん

以前**沖縄市の胡屋十字路**のところにもありましたよね、覚えてます★ でも今は残念ながら基地の中にもありません……。だから旦那とアメリカに帰ったときに何回か食べたっきりです。すごい懐かしい味がしました。私も旦那もデイリークイーン大好きなのでまた沖縄に戻ってきてくれたらなあと思います!! あと、北谷ハンビータウンの近くにサブウェイもありましたよね！ あそこもつぶれちゃいましたが、2年ほど前に基地に入って来ましたよ。

✉mamakazuさん

「僕の恋人デイリークイーン、アメリカ生まれです……」っていうコマーシャルソングでした。10ン年前、看護学生だったので与儀の店に通いました。
パリッとしたキャラメルやチョコのコーティングのソフトクリームもよかったけどコーヒーゼリーも絶品でした。あと、牧志の市外バス停にもあったような。デイリークイーンのソフト気分を味わいたければ、サンエーにハーシーチョコレートで、アイスなど冷たいものにかけると、ぱりっと固まるチョコシロップがあったのでお勧めです。

ダンキンドーナツのCM

✉10時です！OTVです！さん

ダンキンドーナツのコマーシャルの替え歌です！「ダ～ンキンドーナツ！ **ブタに噛まれて**泣ちゅんど～！」まったく意味の分からない歌ですよね。このフレーズを繰り返し歌っていました。

✉イエ～イさん

ダンキンドーナツの替え歌。私たちは、「ブタ」じゃなくて「犬」でした。「ダ～ンキンドーナッツ　**犬にかまれて**泣ちゅんど～」です。ダンキンドーナツは北谷のキャンプフォスター内にあるみたいですよ。

✉さららさん

友人からメールが来ました。ダンキンドーナツの英語は何て言っているか……定かではないけど**「ダーンキンドーナツ！ You can find them into the grocery stores」**だったはず……との事でした。歌ってみましたが……犬に噛まれてなちゅんどー♪がしっくりきますね。
何だかあの頃は「J・I・M・M・Y・S　ジミー」とか「VICMONT♪　Vで始まるハンバーガー」とか英語（ってほどでもないけど）の部分を歌うと一種尊敬のまなざしで友達から「なんていってるの～おしえてー」といわれましたね～。

森永のCM
～朝露にラララ～

✉miyaさん

昔々、朝7時ぐらいに、その日のテレビの放送が始まってすぐ、（OTVだったと覚えていますが）、社歌とか映像周波数のアナウンスの後、森永牛乳のCMをやってたのを覚えてる人いませんか？ CMソングは**「あーさーがーにほんにーやってーきてー♪」**っていうやつで、女の子が窓を開けて朝日を浴びるというような感じの……。誰に聞いても覚えてないので、私は夢を見ていたのだろうかとも思うのですが。

もうひとつ。これまた昔、RBCで**「闘牛アワー」**ってやってたの覚えてますか？ 夜11時前後で、アナウンサーが「RBC闘牛アワー！」ってタイトルを言うと、ジャンジャンジャンと闘牛のドラの音がするというオープニングでした。子供心に「これはレアな番組だ」と思った記憶があります。

✉まめ吉さん

miyaさんの投稿を読んで思わず「ギャ～」と叫んでしまいました。知ってます。森永のCM！ 私的にはすごく印象に残るCMでした。当時はやっていたバート・バカラックの曲っぽい軽やかなメロディーで、男性が歌ってました。私は最後の**「朝露にララララララーララー♪」**部分だけ覚えてます。

たしかに可愛らしい女の子がパチっと目覚めてベットから起きあがって両開きの窓を開けるんですよね。懐かしい～また見てみたい！

み～るくゆ～が～ふ～♪

✉なつかし～さん

沖縄の昔話で、沖縄のCMについてなんですが、牛乳のCMで**「わたくしらちの作った牛乳がみるくゆがふーれす」**というのがあったと思いますが、それを中学生位の時はじめて聞いて、飲んでた牛乳を思わず噴出してしまいました。

あと、ダブルミントガムのCMで、映像は外国人のおじさんなんだけど、内容は沖縄口のやつがあって、「アテレコしている人は誰だ」なんて自分の周りでは話題になったけど、あの人は照屋林助さんだっだのでしょうか？

飛行機レストラン

✉DEWさん

私が小さい頃（だいたい25年ぐらい前かな？）に飛行機レストランのCMがあったと思うんですが、覚えている方いますか？高速の沖縄北から北中へ向かう途中にあるトンネルの左側の山の上に**飛行機**が見えますよね？あれが飛行機レストランだったと聞いたのですが本当でしょうか？

✉ふぅ〜さん

飛行機レストランのCM、25年くらい前にありましたよ。レストランの名前は**「ぎょさいえんレストラン」**です。↓漢字は覚えてません。同級生のお父さんが経営してて、同級生もそのCMに出てました。山の上に飛行機が見えるのがその「ぎょさいえんレストラン」です。

✉ともちゃんさん

「ぎょさいえん」子供の頃行った覚えがあります。あの頃は沖縄で最も珍しく、かつ行ってみたいレストランナンバーワンでしたよね。子供だった私はやっぱりあの屋根の上に何故か乗っている飛行機が魅力的でコマーシャルで観る度にドキドキしてました。

ちょうど20年程前に友達4、5人とドライブをしていたら、あの飛行機が目に入り、「わ〜、懐かしい！」と、何も考えずにその敷地内に車で乗り入れました。すると、キャーキャー言う私達の声を聞きつけ、黒ずくめの**「怖い系」の方々**が建物の中から血相を変えて飛び出して来たんです。それも怒鳴りながら……。あまりの怖さに猛スピードでバックをして逃げて来ました。

ワーシシよかまーさし!?

✉チエちゃんさん

20年くらい前？に、当時沖縄で一番ご長寿のおじいに、「ワーししよか、まーさしあんな！」(豚肉よりおいしいものがあるものか）と言ってもらっていたCMがありました。

そのCMの撮影の時に、おじいさんに「このように言っていただけませんか」とお願いしたら、**「トウフよかまーさしあんな!」**（トウフよりおいしいものがあるものか）と反論されたそうで、どうにかお願いをして上のセリフを言ってもらったようです。それで、ちょっと不機嫌そうな顔をしていたのかなぁと当時の私は思っていました。あくまでも、噂ですけどね。

奈々子のドリームコール

✉kazuさん

昔、奈々子のドリームコールというラジオ番組のBGMに使われていたムーディーなピアノの曲だったと思うのですが、どなたか曲名を知っていたら教えてください。

✉ひかりさん

奈々子のドリームコールで使われていた曲、覚えてますよ。歌っていた方は豊島たづみさんで「とまどいトワイライト」のB面**「寝た子を起こす子守唄」**と云います。その後、小川範子さんがカバーしてました。私も大好きな曲でした。

✉SHO1さん

「奈々子のドリームコール」読者からの手紙に共感し、優しく励ましの言葉をかけてくれる奈々子さんの声に、癒されました。あと、番組の最後の留守電コーナーはよく聞いていました。いたずらの留守電も結構ありましたね!

ある日の事、いつもの様に留守電コーナーを聞いていると「昨日、友達の○○がオートバイで車に……（沈黙）**いい奴だったのに……うぅ!**」ガチャン!と、友達(声と名前で分かりました)が、涙声で電話していたのを聞いたときは爆笑してしまいました（もちろん嘘です）。

チクチン!

✉プリンセスさん

今から25年～30年くらい前、以前住んでいた宜野湾市の大山という地域ではハロウィンの日に外国人さんの家を訪ねて、チョコレートやキャンディーをもらう風習がありました。たしかハロウィンとは言わず「乞食祭り」といってました。

家のドアをノックした後、**「チクチン、チクチン」**と声を掛けてお菓子を頂いてました。しかし、外国人さんの中にはこういう風習を嫌う人もいて**ほうきを持って追っかけられる**こともしばしばありました。

はぴこら！

✉ハピコラさん

みなさん、「はぴこら」って言葉遊びを覚えてますか？　二人で会話をしているときに、その二人が同時に**同じことをいった時**に、「はぴこら！」っていわなければならない、という遊びです。更に言葉を付け加えていって、「はぴこら、はぴこらアイスクリーム、はぴこら○○○○」と続けたような覚えがあります。（超うろおぼえ）超ローカルなネタなのかもしれません。あと、替え歌遊びなんですが、「ABCの歌」の替え歌で「赤チンぬっても治らない、黒チンぬったら毛がはえたー」っていうのがあったのを覚えています。

✉kikiさん

「ABCの歌」ちょっとお下品ですが、私の住んでいた地域（南部）では、こうなっていました。他にもいろいろ地域によってバージョンがあるのかな？

★ABCDの歌の替え歌
ABCD海岸で
カニに　ち○○こはさまれた
痛いよはなせ
はなすもんか　ソーセージ
赤チンぬっても治らない
黒チン塗ったら毛が生えた

★サザエさんの替え歌
トイレに入ると紙がない　どおしよう　ポケットさぐると　千円札一枚
拭いたらもったいない　拭かないと出られない　あ～あどうしよう
え～い　手で拭こう

飛行機ライトに照らされて

✉種まきトカゲさん

私の実家は米軍の飛行機の通り道である村で、飛行機がよく見えた。小学生の頃、米軍の飛行機が飛んでくると、飛行機の点滅するライトがカメラだと言われていて、カメラで写真を撮られると、何日かしたら**米軍が**

家に来て捕まるといううわさがあり、遊んでいる時に飛行機がくるとよく隠れたものです。
あと、外国人のブルーの目は、ヤギと同じだから、外国人は夜、ヤギと同じく目が見えない！とか。また、ワーゲンの車を1日で3台目撃したら、良い事が起きる！とか言っていて、必死でワーゲンの車を探した覚えが……。

ラッキー交通

✉クローズ復活さん

小学生の頃、ラッキー交通のタクシーを見ると、ラッキーな事がおきるという噂があり、みんなそのタクシーを探してました。で、探している友達に「やーそんなことといってたら、**ラッキー交通で働いてる人毎日ラッキーあんにー**」と言うと、この一言も噂？になって、この噂は無くなりました。

コールテンの袋

✉しんじょうさん

20年くらい前、那覇市内の中学で、手作りの袋が流行ったことがありました。コールテンと呼んでいた素材で、A4サイズくらいの大きさだったかなぁ……四角い形で上の方に紐を通してあるヤツです。本来（？）は、**彼女に作ってもらうのが正しい**のですが、当時は女の子に縁がなかったので、母親に作ってもらいました。中部の学校でも流行っていたとの噂も聞きましたが、あれはいったい何だったのでしょう？

✉ZEANAさん

私が高校生の頃（6〜7年前）ですが、そのような袋ありました。中部の高校だったんですが、うちの場合、**部活のマネージャーが全員分（最高学年のみ）作ってくれましたよ。**各部いろいろな色や柄でオリジナリティーあふれる袋をこしらえてました。あの袋をもらったとき「部活も残り1年だ、頑張らんと」なんて思ったものです。

ゆし豆腐売り

✉miyaさん

かなりローカルなネタなのですが、私の住んでいた那覇市国場～寄宮付近では、昔、ゆし豆腐を売りに来るおじさんがいました。給食の食缶みたいな入れ物を二つ、天秤棒にぶら下げて、**カランカランと鐘**を鳴らしながら歩くのです。子供時代の私がナベを持っておじさんを追っかけて、「おじさん100円分ね**！**」と言うと、ナベいっぱいにゆし豆腐を入れてくれました。4人家族のお昼には十分でした。

✉まことさん

夏休みなど、朝、ラジオ体操が終わる頃に来るので、走って帰ってなべを持ってゆし豆腐を買いに行きました。最初豆腐の上澄みをすくってそこら辺にサァーっと捨てるのよね。なんかそれを見るのも楽しくてよく買いに行きました。

✉ぴんさん

私も昔首里の石嶺に住んでましたが、ゆし豆腐屋さんきてました。10年ちょっと前くらい。一緒にくずもちも売ってたはず……あと、団地だったからかな、魚屋さん、パン屋さん、八百屋さん、移動図書館、紙芝居のおじさんもきてました。それから**頭にタル？ のせてお花売ってたおばぁ**たちはどこにいったんだろう？？ まだいるのかなぁ？？

✉はなびる～さん

沖縄市近辺では昔よく、おばぁーがいゆぐぁ～をたらいに入れて売りに来てましたよね。アメリカむんでアルファケリーという油やバセリンも売っていたなー…… そしてよく**飛行機（セスナ機）からビラ……チラシもばらまいていたよ。**

残飯集めのカンカン

✉ショコラさん

小学校の途中くらいまで、1ブロックずつに電柱に下げられている残飯カンカンにみな残飯を捨てていました。家で残飯を集め、ボウルに入れるときに、母が「これは、**豚の餌になる**ものだから、ビニールや金具が入らないように気をつけないとね。その豚をみんなが食べるからね」と説明されて、なるほどなぁ……と思ったものです。残飯カンカンの思い出って、中部だけなのでしょうか？

名前なしさん

那覇市にも「残飯カンカン」の仕組みはありました！ かれこれ30年前にはなりますけど、当時首里地域には結構住宅街の近隣に豚舎があり、その豚舎のブタたちのえさは、一般家庭や学校給食の残飯でまかなっていました。

近年では、悪臭や衛生問題で住宅地の近隣からなくなってしまった豚舎ですが、昔は結構生活環境のすぐそばにあって、密接なものだったんだといまさらながら思い出してしまいました。これから先、あまり明るい未来が感じられそうにもない現代、リサイクルや養畜を子供達やあまり関心の無い人たちに知ってもらうためにも**復活してほしい仕組み**じゃァないでしょうか！

わかまつさん

沖縄じゃなくて**岩手の山奥**ですが、近所の残飯集めて豚にあげてましたよ。もう30年くらい前のことです。母の実家では豚を2匹買ってました。夏休みに遊びにいくと、夕飯のあとバケツ持って近所の家を回らされるんです。食後にくつろいでると、おじいちゃんに「そろそろ『じょみず』行って来い」と言われたものでした。**「じょーみーずー」**（どういう字だろう？）って勝手口で呼びかけるとどんぶりとかに集めた残飯を持って家の人が出てきます。

東京生まれ東京育ちの子供心には、田舎でだけ体験するちょっとしたイベントでした。

アースまちゃー

さんぴん茶さん

「あ〜すまちゃ〜」「ブーブーまちゃー」って、何ですか？ もしかして、夕方くらいになったらトラックから**白い変なにおいする煙**出してる車のことですか？ 最近見えないけど……。自分も、小学校の頃友達と一緒に追いかけたりしてたなぁ……。あれって一体何のためなんですかね？ 親は蚊取り線香みたいなもんだ！ っていってたけど。

✉**占いでは今年も大吉さん**

嘉手納の出身なのですが、もちろんありました。ブーブーまちゃー。自分らの呼び方は**「くすいまちゃー」**。単純に殺虫剤（くすり）を撒いているからそう呼んでいたのですが……くすいまちゃーが現れると（時間は大体4時ぐらい、夕方蚊の出始める時間帯）必ずその後を5～6人の小学生の群れが追いかけていくんです。白煙の中を！ ブーという音がすると車を探すんです。殺虫剤を吸い込みながら走っているんだから馬鹿ですよねー。

✉**さんぴん茶さん**

「ぶーぶーまちゃー」去年、彼女と北谷に遊びに行った時に裏道で見ましたよ～。曲がり角をまがった次の瞬間……モーレツな煙と匂いを発しながら徐行運転している車を。はっきり言って最初見た時はかなり驚きました。なんせ、物凄い煙を出しながら車がゆっくり、ゆっくり走ってるんですよっ！ **今にも車が止まって爆発すると思いましたよ、**マジで。

✉**ゆきさん**

名護市では現在でも夏になると見かけますよ。小さい頃からあったので、夏の定番ってかんじです。私たちは**「ぶーぶーぐるま」**ってよんでます。殺虫剤を撒くときの音が「ブーブー」ってかんじなんですよ（そのまんま）。

猫へのうーとーとー

✉**tachibanaさん**

昭和30～40年代くらいまで、宜野湾のあたりでは飼い猫が死ぬと猫の死骸を袋に詰めて木に吊るして葬る習慣があったと聞いています。どこかの林には**枝にいっぱい猫の死骸の入った袋がぶら下がっていた**そうです。

✉**ちゅらりさん**

私は小学校3年まで中部に住んでいたのですが、そこの家の近くに猫が首吊り状態で木にぶら下がっていたので、母に「どうしてあんなことするの？」って聞いてみたところ「首と体を切り離さないと**化けてでる**んだって」と言われたのを覚えています。そのあと南部に引越しましたが、そこでもありました。

✉海さん

家も猫を飼っていたので死んだら父がやっていましたが、**5円玉をひもに通していました。**母は「ちゃんと成仏できるように、またご縁がありますように……」という意味合いだと話していました。

✉はまだらかさん

猫の話、どっかで聞いたことあるなあ、と考えていたら思い出しました。宜野湾の新城の出身で『女人政治考』で知られる佐喜真興英さんの、『シマの話』という本の中にそういう話が出てきてましたね。「シマ」はもちろん新城のことです。とっても短いので全文を紹介しましょうね。

「猫が死んだら島人はしかばねの首をくくって森の木の下に下げた。猫を地中に埋葬することは絶対になかった」

もっとも、佐喜真興英さんは1925年に亡くなった人ですから、遅くても75年前の話ですが、その当時の方が伝えた風習をそのまま守っていたおうちもあった、ということは十分ありえますね。

口裂け女

✉こーやさん

もう、何年前になるでしょうか？　全国的に「口裂け女」のうわさが流行ってたころ……。自分の通ってた学校でも「この近くに来てるらしい」なんて噂話がささやかれてました。となりの○○学校で、朝礼の時に現れて、それを見た**女性が失神**したとか、それなりにストーリーになってました。面白かったのは、お昼のワイドショーで「口裂け女、沖縄に出現！」とのＴＶ報道があった……という噂でした。これを聞いたときには、「あぁ！　ホントだったんだ！」とマジで思ってしまいましたよ。

✉ｍｉｙａさん

私の卒業した那覇市立M小学校では、給食時間に口裂け女が学校に来て、**生徒を人質にとってトイレに立てこもった**ことがあります。うちの学校で一番古い、ゴミ捨て場の傍にあるトイレに、口裂け女が4年生の○○を連れて立てこもっているという情報が校内中に一気に広がり、校内放送で「しばらく教室から出ないように！」と先生から緊張したアナウンスが流れました。結局その実物を見ることはできなかったのだけど、あれは一体なんだったのかしら。

小象が逃げた！

✉ＡＺ－１さん

子供の頃、動物園で両親が象を見ながら、「お前が生まれたころ（復帰直後らしい）空港か**ら輸送中の象が逃げて大騒ぎ**したんだよーっ」て……。で、そのあと、警察や、捜索隊でたんだけど、小禄周辺で見失ったんだと。

私「小禄ー？　なんであっちでみうしなうわけー。追っかけってたんじゃないわけー？」

おとー「はっせ、今の小禄と違う、あっちは草ぼーぼーして山だったんだよ！　象だって、ホントに逃げ切ったかなー？　多分あしばーにつかまって売られたんだはずよー」

私「はーや」

て、話だったのですが、この象の話は、10数年後『おきなわキーワードコラムブック』にて再会することになります。しかし、小さな記事だったこと、本自体がもう手元にないこともあり、**中部一帯にはこの話は一切知られていません。**

✉しばたろーさん

「象が逃げた話」事実です。1973年（昭和48年）の3月16日、タイから到着した象1頭が那覇空港から逃げ出したそうです。

なんでも、奥武山公園（？）で開かれた移動動物園（？）のために連れられてきたようです。当時は県警も大捜索を展開したそうですが、見つからずじまい。懸賞金3万円もかけたにもかかわらず、今なお行方不明のようです。**死体や骨も発見されていないみたいです。**

✉takaraさん

「象の行方不明」の事件について、春休みに入って、娘と図書館にいく機会がありましたので調べてきました。

沖縄タイムスより抜粋です。

◆

16日夜、那覇空港TWA保税倉庫からオリに入れてあった〝小象〟が逃走して、大騒ぎになった。

逃走した小象はコザ市「沖縄こどもの国」がタイのバンコクから買い入れたもので16日午後8時TWA機で那覇空港に到着した。高さ約1・2m、長さ1・3mの木のオリにいれ保管されていた。

小象の体重は300kg。小象が逃げ出したとき、表のシャッター、ドアはしまっていて、ゾウがどこから出たのかは不明。オリを壊した後、出口を探し回ったのか、窓や壁が壊されていた。「ドアノブを鼻で回したのではないか」と事務所の人は言っている。国内線ターミナルの近くをうろついているのが目撃されて以降、住民からの連絡もなく、那覇警察署に連絡。

〝小象大捜索〟が始まったが依然手がかりはなかった。

ついに、賞金3万円がかけられる。他の（空港近くの自衛隊基地）の施設も小象が逃げ出した当初はしまっており、小象は小川の中の排水溝に隠れるか、引き返して空港事務所の裏手にある金網の破損場所をくぐりぬけて米軍基地内の草原に逃げ込むしかない。

〝小川説〟は、堤防の高さが2mあるから不可能。どうしても基地内ということで、捜査は基地内にしぼられた。

17日は朝6時からTWA、空港事務所の職員、軍用犬や県警までも出動したが、無駄だった。

翌18日は三者が早朝から探したのにもかかわらず手がかりナシ。TWAはついに「見つけた方には3万円贈呈」と発表、19日には報道陣も三社とともに出動した。

しかし焦ったのは米軍の上層部。機密を知られては大変だと県警に通報し、報道陣の立ち退きをさせようとするが、「ゾウは捕まえずに、私たちを捕まえるとは何事か」と口論するという一幕もあったという。

しかし基地内の広さに驚く捜索隊。中にはゴルフ場や湖も。しかも2mのススキやネムの木の生い茂る場所や、柔らかい雑草の生える場所も。捜索隊の努力も尻目に悠々と暮らしているのではないかと考えられる。

一行の中には「このままゾウの動物園にしたらどうだ?」や「来年頃にはたくましく成長した巨大なゾウの姿が拝めるのでは……」という声も。TWAはヘリでの探索を検討している。

◆

以上……これ以降1ヶ月の新聞には何も情報はありませんでした。見つかったかどうかも謎……。もしかしたら行方不明のままかもしれませんね(笑)

【tommy】

沖縄の時代を大きく分けるとすれば、復帰前後で区分される方も多いのではないでしょうか。それだけ大きな転換期だったようですね。

その昔、コザが元気だった頃、与那原テックに憧れていた子供は、中学生になると国際ショッピングセンターでボウリングに興じていたんですね。

あの頃と変わらないのは塩せんべいの味だけかな？

ブルーシールのチョコドリンクが復活したのは嬉しいニュースです。

第７章　ちょっとイイ話

助けてくれてありがとう

しーさーさん

突然母に「車がオーバーヒートしたから迎えにきて」と呼び出されました。現場につくと車は路肩によせられており、外国人が車を直そうとしてました。母に話をきくと、道の真ん中で右往左往しているとバイクに乗った若い青年がきて車を路肩によせてくれたそうです。

青年はそのまま立ち去ったらしいのですが、今度は反対車線から外国人が車でやってきてバッテリーのチャージやら冷却水の補充等色々親切にやってくれているらしいのです。私も母も英語ができないためろくに会話をする事ができず、ジェスチャーの嵐でした。親切にしてくれた青年や外国人さん、ホントーーーーーーにありがとうございました。**今、英会話教室に通うかどうか母と二人で思案中です。**

まーさーさん

天久新都心のリウボウ駐車場での話です。生まれて2ヶ月の子供を連れて妻と買い物へ出かけました。混んでいる駐車場でぐるぐると空いている場所を探すはめに……。と、その時少し年輩のガードマンの方が私達の車の中を覗き込み **「赤ちゃんがいるんだね~」と言わんばかりのジェスチャー**を始めたかと思うと私達の車を妊婦さんや赤ちゃんがいる方専用の広いスペースへ誘導してくれました。「ここに止めても良いんですか？」と尋ねると「そういう人たちが止める場所だから良いんだよ～！」と満面の笑みで答えてくれました。

買い物が終わり駐車場で子供と買い物した荷物を車へ載せた後、今度は若いガードマンがカートを「持っていきましょうね！」とまたまた満面の笑みで助けてくれました。私達夫婦は「すばらしい！」と連呼しながら駐車場から出ようとすると先程の年輩のガードマンが笑って手を振っていました。その日私達夫婦は清々しい一日を終えたことは言うまでもありません。

✉安藤　龍さん

ちょうど復帰前頃です。うちの母親の初めての自家用車（ポンコツ）でコザに仕入れに行ったは良いですが、途中からクラクションが勝手に鳴り出して止まらなくなり緊張と恥ずかしさで車中はパニック状態で、子供心に泣きたくなる不安でいっぱいに……。

と、その時、りんごをかじりながら歩いている黒人のカップルがさっそうと近付いて来て、初めて目の前でみる外国人さんにビビッテると、男性の方が長ーい手をのばしてハンドルの所からクラクションを鳴らす部分を引っこ抜き**鳴り止まぬ音を止めてくれて、**何くわぬ顔をしてニッコリ私達子供に片目をウインクして去って行きました。母親は嬉し恥ずかしといった顔で二人の後ろ姿にサンキュウ　ベルマッチとせいいっぱいの英語でお辞儀。振り向きもせず片手を上げて歩いてゆく二人、その手に食べかけのりんごと独特の歩き方。今もずーっと記憶に残ってます。

✉T－首里人さん

友達から聞いた話をします！ 58号で横断歩道を片方からは若い男性二人もう片方からはおじいさんが渡っていました。するとおじいさんが半分を過ぎたあたりで歩行者信号が点滅しました。するとさきほどの若い男性二人が渡った後にもかかわらずおじいさんの方まで戻り手を引いて渡らせました。

その時すでに歩行者信号は赤になり車の信号は青になっていましたが、車は一台も動きませんでした（しかもそこは3車線3車線の道路です）。さらにその若い男性がおじいさんを渡らせた後も車は動かずその若い男性がまた向こうへ渡るまで車は一台も動かなかったそうです。

沖縄の若い人もすばらしいし、その時の運転者もとてもすばらしいです！

オジサンマン参上！

✉ミチさん

ほんとに小さなイイ話なんですが、まだ私が運転免許をとりたての頃、空港へ友達のお見送りへ行きました。初心者には大きすぎる車で、駐車がうまくできなく、あと1センチで隣の車にかすってしまうっっと思い、1人でパニクってた時でした！ 見ず知らずのおじさんが**「だあ、オジサンがやってあげよう」**といってかすってしまうんじゃないかというぎりぎりのところから車をなおしてくれました！ その後も、こういう時、沖縄のオジサンは親切よぉと、笑っていってしまいました！　お礼を言う間もなく去っていったあのオジサンに感謝してます！

✉ガチャピンさん

ある日、バイトの時間が迫っていて、一度しか通ったことのない近道で、車のタイヤを乗り上げてしまいました……。歩道との垣根に植えてある生い茂った木々の中に前輪が乗り上げたのです。車がはんぱなく埋もれていて、私は動転して「どうしよ……どうしよ……」とちょっとおかしくなっていました。

すると工事現場で働いているようなオジサンたちが乗った大きな白いバンが停まりました。オジサンは「あら～こりゃヒドイ（笑）」と言って、それ以外には何も言わずに5、6人で手分けして車を下ろそうとし始めました。何度も押したり引いたりしてくれて、やっと大きな音とともに車が道路に下りると、オジサンたちはそそくさと車に乗って、**「ネーネーも早く逃げないと警察来るよ（笑）」**と言ってブーンと去っていきました。

あのときのオジサンたちは私のことなんて全く覚えていないかもしれないけど、私は一生忘れないでしょう。

✉りんこりんさん

以前、某書店の駐車場で私の車の隣にいたヒゲのおじさんが**「ネエネエ、ええ～！」**と私を呼んでいるのですが、なんか恐くて無視してたら「あんたの車、パンクしてるよぉ」と親切に教えてくれて、なんとスペアタイヤの交換までしてくれて……!

ほんとに人を見た目で判断してはいけないです。タイヤの交換してる間、書店から戻ってきた娘達に「お父さん、まだ?」と帰りをせがまれてたのに、がんばってくれて嬉しかったです。

お礼にたまたまクルマのトランクに置きっ放しにしてあった、バドワイザー1ダース差し上げることができました。「いいよ」と遠慮されてましたが**（紳士的！）**喜んでもらえたようで、ほっとしました。

偉い人発見！さん

朝早くから良い事を見たので投稿させて頂きます。私は仕事の為モノレールで新都心まで通勤してます。ある朝私は仕事場へ向かい、トボトボ歩いていると、1人のオジ様が、木や電柱等色々な所にくっつけてある選挙ポスターを黙々と一生懸命はずしていました。

「偉いなぁ〜」と思い、オジ様に「オジさん朝早くから偉いですねぇ〜」と言いますと、オジ様は「偉くないさぁ〜。**当たり前の事さぁ〜。**こんなの貼ってたら沖縄の恥さぁ〜。見た目も気分悪いだろ〜」と言ってまた黙々と外してました。

選挙と関係無いオジ様があぁやって外して……本人達はほったらかし……。当たり前の様に行うオジ様！ アンタは偉いッッ!!

ニーニーも負けてない

かんげき屋さん

私は「方向感覚」という感覚がどうも神経内にごく僅かしか通ってないらしく、自分の感覚を信じて車を走らせたりすると70％以上の確率で間違った道に出てしまう。本土から来た友達に会いに恩納村のホテル行った帰り、急いでいたので高速を使うことにした。しかし、石川インターからは乗ったことがない。地図で入念に行き方をチェックし、頭の中で何度もシミュレーションをする。**完璧だ……。**車をぶっ飛ばし（方向音痴だが飛ばしやの私）、いざインターへ。

……しかし、どこまでいってもインターがない！ 街灯もあんまりない道をぐるぐるぐるぐる。地図をみても、今自分がどこにいるのかが分からない。そんなときコンビニ発見！ おお～、あそこで聞こう！と思ったら、駐車場にたむろしているにーしぇたー……。**恐い。恐い感じだ……。**夜も11時をまわっている。うら若き乙女がそんなにーしぇーたーを突破して店内に行けるだろうか？

ちょっとドキドキして店内に入り店員さんに「石川インターどこですか?」と聞いたら、「う～ん……説明しにくい……」と唸る。そしたら、そばで聞いてた先ほどのにーしぇーたーの一人がやってきて、一生懸命説明しだした。そしたらほかのにーにーが「そんなって行ったらわからんあんにー。こんなって行ったほうがいいじゃないかー」とまた参加してきた。「おお！なんと親切な！見かけはあしばーにーにーふーじーなのに！」と、かなり感激し、今ひとつ説明は理解できていなかったが、「どうもありがとうございます。たぶん分かると思うので行ってみます」とお礼を言って車に乗り込もうとしたら、にーにーたちが**「自分達ヒマだから案内しますよ」**と言うではないか！えっ？マジ？でも連れ去られたらどうしよう。ナンパされたらどうしようと一瞬迷ったが、まー、いっかと思ってお願いすることに。

彼らは自分達の車に乗って先導して走ってくれた。私はどうも石川インターとはかなり違った方向で突き進んできていたらしい。5分くらい走っただろうか、道に高速インターの案内板が登場！ああ、もうだいじょうぶよ。と思ったけど、彼らは本当にインターの入り口が見えるところまで案内してくれた！ウインカーを点灯させ、あそこですよ、と合図して、私をさらうことも、ナンパすることもなく、笑顔でお別れした。もう、本当に本当に感激した。石川のにーにー達、とってもとっても親切だ！最近の若者は……って感じることもあるけど、このにーにーたちみたいにこんな親切な人もいっぱいいるんだろうな。その後2、3日とてもいい気分でした。石川の未来は明るい！

ちなみに石川インターから無事乗れたものの、西原インターで降りて職場に行く道でまた迷子になって、たどり着いたら下の道を使うのと変わらないぐらいの時間でした……。

✉ taigaさん

大学の頃、友人とヤンバルへドライブに行った時のことです。女5人で私の運転でドライブしてました。で、ガソリンがやばかったので山中のスタンドで給油したのですが、店員の友人らしき少年たち（不良っぽい格好と怖い雰囲気）がたむろしてて、車中で「なんか、シンナーとかで歯が無さそうな子達だねー」って失礼な事言って苦笑して、スタンドを出ました。

で、よそ見してた私は傾斜がかった路肩に左の前後2本のタイヤ脱輪してしまったのです。スタンドから出てすぐ、100メートル？ 位しか離れてなかったのですが。どうしようと思って、皆で外に出たら、さっきの少年達5、6人が走って来て、**さっさと車体を直すと、すぐに何も言わず顔を見せもせずに帰っていったのです。**私達は「どうもありがとう」と声を掛けましたが、振り向きもしないで帰っていきました。

ホント、その姿は男らしくカッコよかったです！ その時、車中での発言がとても恥ずかしくなりました。

プロの仕事に感動！

✉ すうちゃんさん

ストレスが溜まっていて、不眠気味だったので、睡眠剤が欲しいなと思い病院を訪ねました。

受付「こちらは初めてですか？」

私「多分7年前程に一度だけ耳鼻科で来ました」
受付「そうですか、5年を越えるとカルテはありませんので、新しくしますので、初診票も書いてください」と。
書いて出そうとすると、先程対応してくれた方は別患者さんとお話し中でしたので、最初とは別の受付の方に、初診表を出したのです。すると、「○○（私の苗字）さんは、こちら初めてではないですよね？　平成11年にいらっしゃってませんか？」
私「はい。7年ほど前に来たと記憶しているのですが……」
受付「そうですか。**同じお名前で、同じ生年月日の方がいらっしゃったと記憶しているので、**ちょっとコンピューターで調べてみますね」と。
そしたら、私だったんです。私の名前は珍しく、めったにいる名前ではありません。診療科目も耳鼻科で、氏名はもちろん、生年月日、住所も電話番号も同じだったんです。その受付の方の記憶にただただ感動しました。この人はこの道のプロだと。診療科目が多い病院で、一度しか来たことのない患者の名前まで記憶しているとは驚きです。

✉ベイビーさん

那覇・前島の立体駐車場のおじさんがスゴイんですよ。

私が駐車場に車を入れて用事を済ませて帰りに駐車場に向かって歩いていたら料金所に到着する頃には**私の車が目の前に！**　立体駐車場っていつも次のお客さんのために空にしておくはずなの

に「偶然？」と思いながらもその日は車に乗り込んで帰りました。2回目に利用したときも料金を払う時には車が目の前にあったのでこれは偶然じゃない！と思っておじさんに聞いてみたら、車を預けた人とその人の車を暗記していて遠くから歩いてくるのを見つけたら車を準備して待ってるんだって。すごいプロ根性だと思いませんか？

利用する人が何時に戻ってくるかなんておじさんは全然知らないし、その人がいつも同じ服装をしているわけでもないから目印なんてないしね。

でも私がスゴイって連発しても、そのおじさんは**「毎日の仕事だからこれぐらい覚えるさー」**ってあっさり。その謙虚さにもホレましたよ〜。このおじさんに会えるのがすごく楽しみでした。もうその駐車場を利用することはなくなったけど、今もあのおじさんがんばってるのかな？私はこのおじさんに出会えてなんだかすがすがしい気分でした。あっ、でもこれってイイ話かな？

ぽちゃりんこさん

最近久々にバスに乗った時の話です。那覇バスに変わってから初乗車でした。今までならアナウンスなんかしなかっただろう初老の運転手さんが、**「おじょ〜さん、ありがとうございました」**と言ってるんです。私は「どうして〝おじょ〜さん、ありがとう〟なんだろう？」と思い、不思議に思いながらも吹き出しそうになるのを必死でこらえていました。

その時、私の後ろの席に座っていたおじさんが運転手さんのそばまで行き**「しゅばらし〜でしゅよ！Gooooood！」**（訳：素晴らしいですよ。GOOD！）と親指を立てて大絶賛していました。そばにいたおばさんも拍手をして、何だかほのぼのとした光景でした。

「バスの運転手がワルイ！」とばかり言っていた乗客の1人であった自分自身は何だったんだろうと思いました。乗客の気持ちが変われば、運転手の対応も変わるのかなぁ〜、なんて思っちゃったりしました。みなさんも、バスに乗る際はきちんとマナーを守りましょう！

あとでわかった事ですが、「おじょ〜さん、ありがとうございました」は「ご乗車ありがとうございました！」の聞き間違いでした！ アハハ！

ミーヒーさん

南部の某観光施設に子ども達を連れ遊びに行き、エイサーを見終わった頃が二時半を過ぎていた為、子供達にせがまれ、レストランで食べて行く事にしました。子供達はお子様ランチを食べたのですが、下の子がスープをこぼしてしまい、テーブルも服も濡らしてしまいました。

それを見ていたウエイターさんが、駆け寄って片付けてくれ、代わりのスープも持ってきてくれました。私は着替えを持っていなかったので、濡れた服を脱がせ、私のシャツをまいてしのいでいたのですが、ウエイターさんが、女子職員から（同じ年頃の子どもを持つお母さんから）**子どもの服**をかき集めたらしく、**「返却は結構ですから、お好きな服をどうぞ」**と娘に着せてくれました。親切丁寧なウエイターさんの計らいで、観光客相手の施設へのイメージがかわりました。

ほのぼのします

✉年末じゃんぼさん

前回沖縄旅行に行ったときのお話なのですが……空港からバスに乗って58号を名護方面に向かっていました。平日の昼下がりなので、のほほ～んとした雰囲気全開でした。北谷のあたりのバス停で小学生３人がバスを待っていました。

ドアを開けると、一人が車内にひょこっと顔だけ入れて、「名護まで行きたいんだけど、自転車乗せてもいい？」。バス停には自転車が３台とめてあります。これにはさすがに運転手さんも困ったのでしょうか、ちょっと車内を見渡して……「ほかのお客さんがいるから困るんだよねぇ……**一番後ろの席に乗せなさい！**」。

バスの通路を自転車を転がして一番後ろの広い席を確保した少年達は、それからずっと楽しそうに騒いでいました。

✉ひなのさん

仕事帰り、ユニオンにタバコを買いに寄った時。車を停めたすぐ側に杖をついたおばぁが立ってたんです。車から私が降りてくると、そのおばぁが私に声をかけて来ました。

おばぁ「ねぇねぇ、ねぇねぇが買い物終わってからでいいんだけどね、○○**小学校のところまで**

ってもう2時間位ここで待ってるのよ……」

乗せてってもらえないかねぇ? 迎え来るはずなんだけど電話してもとらんさぁ。買い物終わってもう2時間位ここで待ってるのよ……」

私は心が躍りました。ずうっと前から、いつかこういうチャンスが訪れたら、絶対乗せてあげよう!と願っていたんです!

私「私そこ分からないけどおばぁ案内出来る〜?」

おばぁ「できるよぉ」

私「あい、じゃぁちょっと待ってて、すぐ来るから!!」

おばぁ「あっ急がんでいいのよ、ねぇねぇが買い物終わるまで待ってるから」

私「ううん、すぐだよ、タバコ買うだけだから!」

私はダッシュでタバコを買って来て、おばぁを乗せました♪

長い時間立ってて大変だったねぇ、とか、タクシーも全然通らなくて本当に困ってたさぁとか色んな話をしながらおばぁの家に到着。おばぁは降り際に「とってちょうだい」と千円を渡そうとするんです。びっくりして私は「ううん!いらないよ!会ったのも何かの縁なんだから」とよく分からない事を言いながら(しばしこのやりとりが続く)「今度ユニオンで会ったら声かけてね、あんたの顔覚えておくから……」。荷物を門のとこまで持ってって、車に戻り、笑顔で手を振って別れ、おばぁは、**車が見えなくなるまで見送ってくれました。**私のおばぁも、いつも会いに行くたびそうやって見送ってくれるんです。バックミラーでおばぁの姿を確認しつつ「どこのおばぁも一緒なんだね」と少しウルウルしながら帰りました。念願が叶った事と、最後まで見送ってくれた事が、私本当に本当に嬉しかったんです。

✉とぉもさん

先日　与儀公園前の横断歩道を4歳になる甥っ子と渡ったときのこと。信号待ちでパトカーが停車してて、パトカーに乗っている警察官に甥っ子がバイバイと手を振ったんです。甥っ子に気づいた警察官さんはなんと敬礼ですか？　**手を頭にピシッと**してくれたんですよ。甥っ子は「格好良い～～」と感激だし……私も無視するだろうと思っていただけに、うれしくなりました。

✉高校野球ファンさん

ついに深紅の大優勝旗が海を渡って、初めて北海道へ。駒大苫小牧の選手たちだけでなく、北海道民の歓迎を受けての凱旋帰郷とのことでした。

その帰りの飛行機の中で、飛行機が津軽海峡上空を飛行中に**「只今、深紅の優勝旗が津軽海峡を初めて渡っています」**という内容の機内アナウンスが流れて、拍手が沸き起こったそうです。粋なはからいのアナウンスになんとなく嬉しく、ほのぼのとした気持ちになれました。

沖縄にも春の選抜の紫紺の優勝旗は来ましたが、深紅の大優勝旗は、まだ来ていません。飛行機のアナウンスで、「深紅の大優勝旗が沖縄へ向けて、太平洋上を初めて渡っています」という日が来るまで、**沖縄の高校野球を応援し続けます。**

✉スカイ☆さん

空港にて、飛行機の出発・到着の担当をしていた時の話です。飛行機が出発する30分前、搭乗開始の準備をしている時、5歳くらいの男の子と父親が来て、「私の息子がどうしてもパイロットの方と写真を撮りたがっています。忙しいとは思いますが、どうか一枚お願いできないでしょうか?」と言ってきました。出発の30分前というのは、出発の最終確認で機内・搭乗口共に一番緊迫している時。パイロットがコックピットを離れるなんてあり得ませんでした。

事情を説明すると、父親はやっぱりかと納得するも、男の子は目に涙をため、手には飛行機のおもちゃをしっかりと握りしめていました。私はその男の子の姿に胸が熱くなり、ダメもとで機内にて交渉する事にしました。すると、客室乗務員の方も率先して協力してくださり、コックピットにいるキャプテンに事情をお話すると、急ぎ足で搭乗口に来てくれました。すると男の子は、まるでヒーローを見るかのように目をキラキラさせ、満面の笑みで写真を撮っていました。写真を撮った後、キャプテンはポケットから機内にて配布されている絵ハガキを取り出し、サインを書き始めました。そして、**「おじさんも飛行機と空が大好きなんだ。一緒だな」**と言い、絵ハガキを渡し、優しく握手していました。

男の子の父親が、「あなたの協力で息子の夢が叶いました。沖縄旅行が最後まで思い出に残りました。ありがとう!」と言ってくれました。こんなステキな乗務員の方と仕事をしている事、子供に夢を与えられる仕事に関係している事を誇りに思います。

なごみ系の動物たち

✉taiさん

朝、那覇まで行くときに、いつもサ○エー糸満ロードの裏の道を通って行くんですが、その途中の事。アウトレットモールの入り口（？）となっている、畑に囲まれた大きな交差点で、信号が青になっても進まない車がいたので、「よそ見でもしてるのかなぁ」と思っていました。次の瞬間、進まなかった原因が判明！　なんと、**茶色い体・頭の赤いトサカ。**そうです。鶏が頭を前後に動かし、横断歩道をトコトコと歩いていたのです。他のドライバーも驚いた表情で鶏を見ていました。自分も糸満に住んで10年は経ちますが、道で鶏が歩いているのは初めて見ました。鶏のマイペースぶりを見て、どこか、ほのぼのしてイイなぁという気持ちになりました。

アグリさん

ta・iさんの投稿への関連になるかな？　私はその場所の近くで2年前から勤務しています。あの辺の道路は鶏のみあらず、**カニ**が道路を横切っていたり、車を走らせていたら目の前に空から**1m****ほどの鳥**が舞い降りてきたり、この前は、**職場にスッポン**が迷い込んできました。そのまえはカニも。しかも事務所の2階で発見しました。**コウモリ**も迷い込んできたことがありました……。

くまくろさん

にわとりといえば、那覇市の久茂地川脇の緑地帯。以前そこににわとり住んでました。放し飼いなのか、野良なのか不明ですが、いつも**元気にとさかをふって歩いていた**ものです。今年は護岸工事のため、その緑地も一時取り払われて、にわとりの姿もみえなくなりました。いまどうしてるのかな。元気かな〜。

南天さん

先日名護の交差点で赤でとまっていたとき歩道をおじいさんと犬が数匹歩いていたのですが、なんと犬達が**「止まれ」と書いた緑のおばさんの旗**のようなものを口でくわえてあるいていたのです。そのかわいさに対向車もとなりの車もみんな笑顔で一行をみつめていました。

このワンちゃんたち何者？　なのでしょう。動物達が旗をもってくれることで運転手達にも注意をよびかけることができるのでは？　となんだかうれしくなりました。

✉ぽちゃりんこさん

楽市の駐車場付近で手のひらサイズくらいの**小さなチワワ**が迷っていたらしく、駐車場の誘導交通員の方の一人が一緒に小走りで横断歩道を渡って、影のある部分まで誘導していました。ゴツイ男性だったので、そのチワワとの対照的な姿に思わず吹き出しそうでした。でも、あんな人がいると嬉しいですね〜。

次は、同じ新都心内のTSUTAYAの駐車場で。入り口前にご主人の帰りを待つ愛らしいコーギー犬が一匹。店内から一人の店員さんが出てきて、駐車場全体を見回した後、目の前にいたコーギー犬に**「お前はおりこうさんだな。ちゃんとお座りして待ってるんだもんな」**と話しかけていました。

ひとことのパワー

✉ざくろさん

私はナイチャー嫁で、結婚2年ちょっと経ちますが、子供に恵まれません。そこで不妊治療に通ってるんですが、いつもなら徒歩か自転車で行くんですが、家を出るのが診察時間ギリギリになってしまい、タクシーで行くことにしました。
タクシーの運転手さんに行き先を告げると、運転手さんが「何かいいことがあったんですか？」と尋ねてきました。行き先が産婦人科の病院名だったから勘違いされたんですが、私は「いえいえ辛いことばっかりです（笑）」と冗談ポく答えると、ちょっと驚いてる運転手さんに「あそこは産婦人科ですが、別院で不妊治療専門のクリニックが併設されてるんです」って続けて言いました。運転手さんはとっても恐縮されてしまいました。でも、私は出来るだけ明るく不妊治療についてすこしだけど、運転手さんに教えてあげて、目的のクリニックへ到着。
料金を支払って、降りる直前に運転手さんが
「またお客さんを乗せる機会があるかは分からないけど、次もしお乗せすることがあったらその時は**きっといいことが起こってますよ、**折角遠方から縁あってこの沖縄に来られたんだから、楽しいことやステキなことを一杯体験して貰いたいからねぇ」と言って下さって、不妊治療で疲れた心に、本当に涙が出るくらい嬉しかったです！

✉アメリカーさん

私はアメリカに移住して5年以上になります。毎年沖縄には帰っていますが、今年、3歳の子供と帰ったときに、友達と3人で公設市場に向かいました。友達は沖縄が初めてだったので、すべてに感動していました。

でも子供が平和通りに入ったとたん大暴れ！すごい走って逃げたり、どまんなかで寝転んだり

ととんでもなかったんです。やっと公設市場の近くまできた時にまた走り出し、バナナを売ってるおばーちゃんの目の前にきて、バナナを触りまくりながら、英語でどうしようもないことを言い出しました。もうやめて～と思って、私が子供をしかりつけてると、おばーは、「あいえー、この子こんなにバナナ好きなんだね～。**怒らんでいいよ～。**はい、これ持っていってっ！言葉は分からんけど、この子はうーまくーなだけだよー。**絶対おりこうぐゎーさー。**すぐわかるよ～」といってバナナをくれたんです！

子供が日本語を殆どしゃべれないのが、里帰りするときの一番気がかりで、自分の家族・両親にも嫌な思いさせてるんじゃないか、と思い悩んでたので、このおばーの言葉がとても胸にじーんときました。それも売り物のバナナまでただでくれて。「おばー、ありがとうねぇ。心の支えになったよ、本当に」。友達にも、あー、これがうちなーのおばぁだよ、笑わすでしょ？でもいいでしょ～ってまた自慢してしまいました。

✉ブラックヤンキーさん

学生時代、飲食店のバイトをしていた時の話です。その日は家族4名（父、母、女の子2人）のテーブル担当になり接客していると、お父さんが料理にクレームを付けてきたんです、僕は最初に食べにくい料理であることを伝えていたのですが、店長を呼べなどと大声で言われ、初めての経験でかなりおちこみました。店の裏で店長にも注意され落ち込みながらも接客を続けていると先程の家族が帰るところで、僕はもう早く帰ってくれと心で思っていました……。

一日でた後で、上のお姉ちゃん（小学校3～4年生）が僕たちの店のコースターを持ってきて僕に渡して走って帰っていったんです。なんだ？と思いながらコースターの裏を見ると**「お父さんが怒ってごめんなさい、ご飯美味しかったです」**と書いてあったんです。

それを見て僕はトイレに行って泣いてしまいました。あれからサービス業を続けてますが、いつでも僕はあの時の気持ちとあの子が忘れられません。

✉みっち～さん

去年出産の為、沖縄に里帰りした時の話です。定期健診の帰り、病院駐車場の前で車を待っていました。時は7月、その日も太陽ギラギラの暑い日でした。

するとl人のおじぃちゃんが近づいてきて、

おじぃ「あいやぁ……ねぇねぇ暑くないねぇ」

わたし「大丈夫ですよ。すぐ車が来ますから」

おじぃ「お腹の赤ちゃんが暑がってるはずよぉ」

と、私に傘をさしてくれました。車が来るまでしばらくおしゃべりをして、別れ際おじぃちゃんが私のお腹に手をあてて、

おじぃ「はいっ安産安産……じゃあねぇ元気な赤ちゃん産んでよぉ」と祈ってくれました。

一瞬戸惑ったけど、おじぃちゃんのその気持ちがとてもうれしくて、その日の出来事を皆に話しまくりました。そしてその後わたしは無事出産、8ヶ月になる息子はスクスク育っています。また

あのおじぃちゃんに会いたいな。今度は息子と一緒に。

なごんちゅの心意気

✉がじゃんさん

先日、久々に名護に帰り、姪（中学2年生）と妹と買い物に行ったときです。信号が変わり車で右折しようとした時、横断歩道を渡る中学生8人を見て止まり、渡るのを待っていると！ 中学生達は全員そーパイ（速攻で走る）し始め、向こう側へ渡ると、**頭をさげお礼**をしているではないですか!! 私は「え～！ どういたしましてですかぁ～?」と、顎が外れるくらいにびっくりしましたぞ。姪に私は「え！ 見たか？ すごいやぁ～」

姪「は？ あんなの普通だよ。みんなお礼するさ」

私「へぇ～？ じゃ、お前もお礼するのか？ ちゅ～ばぁ～やさ！」

姪「……意味分からん」

いやいや、関心関心です。超どぅまんぎた！ ですかねぇ～。「まだまだ、名護も捨てたもんじゃない！ はず」と思ってしまいました。中学生達さんよ、私は嬉しいよ！

✉あんじさん

私は名護んちゅで、現在も名護に住んでいます。歳は30代。私も道路横断中に止まってくれた車には「ぺこり」と頭を下げます。思い返してみると、小さい頃からやってますね。わたしの兄弟や周りの友達もそうです。ちなみに私は進学・就職で名護を離れて暮らしてた時も変わらずやってました。横断歩道に人がいても突っ込んでくる車が多いせいでしょうか。歩行者優先で止まるのが当たり前だと思うのですが、そうじゃない車も多いですから。止まってくれるとなんだか嬉しいんですよね。だから「ぺこり」でありがとうの気持ちを伝えてます。ドライバーも歩行者も、相手を思いやる気持ちが大事ですよね。

こどものココロ

✉CaffeLatteさん

自転車で下校途中に急に雨が降ってきて、私はみごとに全身びしょ濡れになりました。けど、まぁいっか〜と、あきらめてそのまま信号待ちをしていると、後ろから傘をさしてランドセルを背負った女の子（3年生ぐらいかな？）が、「こんにちは」とちょっと緊張した様子で私に声をかけ、一生懸命**背伸び**をして、その傘を私にかざそうとしてくれたんです。

その子は、自分がさしている傘1つしか持っていませんでした。私は「ありがとうね、でもおねえちゃんのお家、すぐそこだから大丈夫だよ」とお礼を言い、信号が変わったので、バイバイと手を振ってその場を後にしました。家に着いてからも、私は気持ちがほくほくしてて、その日は優しい気持ちで一日を過ごすことができました☆

✉はるさん

住宅街の交通量の少ない交差点を車で通過しようとした時、制服姿の男子中学生二人乗りの自転車が目の前で横転、道路でかがみこんでいました。私は直ぐ側で車を停め窓を開けて「大丈夫？ケガは？」と聞くと、一人の男の子は直ぐに立ち上がり笑って気まずそうにしていましたが、もう一人は腕を抑えたままなかなか立ち上がりません。再度「大丈夫ね～？どこかケガしていない？頭は打たなかった？」と聞くと、道路に座ったまま手や足、腕などを確認した後立ち上がり、「あっ、大丈夫です」との苦笑いでの返事。

私はホッとして「気をつけてね」と声をかけ車を走らせようとした時、後に立ち上がった子が大きな声で**「ありがとうございました」**と深々と頭を下げたのです。そして先に気まずそうにしていた子も。その子達、制服は手を加えてあるブカブカのズボンにジャラジャラのチェーン。眉は超～細くて、とても可愛い（？）中学生とは言えない風貌。また恥ずかしさも人一倍感じる年頃の子達に、頭を下げながら大きな声で「ありがとうございました！」と言われ、正直びっくりしました。

Angel Heartさん

那覇まつりの帰りの時間という事もあってゆいレールはすごく混雑していました。私は座っていたのですが、1、2歳位の男の子を連れたお父さんが目の前に乗ってきました。譲ってあげたかったのですが、私も大荷物で譲るとなると余計周りに迷惑が掛かるので「誰か譲ってあげて〜」と思っていました。

すると、さっと女の子二人が席を譲り、しかも男の子と夜店のおもちゃで遊んであげてました。彼女達の降りる駅に着いて降りようとしていたのですが、男の子がおもちゃを気に入ったようで放さないようでした。どうなるのか、ハラハラして見てましたが、彼女たちは笑顔で**「い〜よ、い〜よ。あげるよー」**と降りて行きました。高校生位だったけど優しい子達で心が温かくなりました。その他にも、どうみてもヤンキーっぽい中学生位の女の子が「えー、寄れ〜。人が通れなくなるだろー」と友達に注意したり……。沖縄の若い子達は思いやりやマナーを持ってるぢゃ〜んと、すごく感心しました。

さんにんさん

先日、実家のある名護へ帰省したときのこと。新興住宅地を車で走っていると、脇道からボールが飛び出してきて私の車の車体に当たりました。窓を開けて、遊んでいた子に「車が来て危ないからね、注意してね」と言ってボールを渡し、また走り出しました。しばらく進むと、さっきボール遊びをしていた少年が車を追いかけて来るではありませんか。「えっ、何? 注意されて逆ギレしてんのかしら?」と思いながら停車すると、少年が窓をコンコンと叩き、こう言ったのです。

「さっきボール当てたの、たーくーじゃないよ。俺が投げたんだよ」

なんと彼は、自分が投げたボールのせいで友達が大人に注意されたと思い、それを弁明するために走って車を追いかけて来たのです。少年のあまりの純粋さと正義感に、涙がどっとあふれました。私は目が潤んだまま、「そうだったんだね、分かったよ。危ないからみんなで注意して遊んでね、お利口さん」と答えるのがやっとでした。

優しさにウルウル

✉ミツバチさん

友人から聞いて、おもわず一緒にうるうるしてしまった話です。私の友人が残業ばかりしていた頃の話です。いつもは何人か残っている人がいるのにその日は彼女と先輩の二人だけ。20時を回った頃

先輩「僕ももう帰るけど、何時まで残るの? 女の子一人じゃ危ないよ」

友人「9時には帰ります! 大丈夫です!」

先輩「じゃあ、9時には帰るんだよ。お先にね」

と先輩は出て行ったそうです。

友人は共有のパソコンを使って仕事をしていたのですが10分ほどして先輩がまた部屋に入ってき

て「じゃあ、おつかれさま」と出て行ったそうです。友人は仕事に集中していたので「あ、お疲れ様です」と画面から顔もあげずに返事をして忘れ物だったのかな？　と思い仕事を続けていました。そして、パソコンの打ち込みが終わって自分のデスクに戻るとそこには、コンビニの袋に入ったサンドイッチと飲み物が……先輩、**一度会社を出てからわざわざ買ってきてくれたんですね……**

残業続きで疲れてた友人は涙を流しながら食べたそうです。

✉ tai さん

某大きな川の側を車で通って信号待ちのとき、対向車線に消防車が止まっていました。消防士さんたちが、建物の方向ではなく川の方へ向かっていったので、「なんだろ？」と思い顔を向けると、川に動物（たぶん犬）が水面からでている石か何かの上に座って、立ち往生していました。

川に取り残された犬・川へ向かう消防士。アメリカなどではよくテレビで見ますが、日本は人命が関わっていないと動けないと聞いていたので、動物のためにレスキュー（？）が動くんだなぁと感動しました。

✉ はんだまさん

すっごい寒い日に、妹とご飯を食べに行こうと寒さでヒーヒー言いながら歩いてたんです。スーパーの前を通った時に店員のお兄さんが、自販機の補充（？）をしていたんですけど、ちょうどその時ホームレス風のお爺さんが寒そうに通りかかったんです。すると、そのお兄さんがいきなり自販機からちゃんとお金を入れて（ここがミソ）**ホットコーヒー**を買ってそのお爺さんに**「はい！」**って差し出したんです。そのお爺さんはちょっと驚いていましたが、お辞儀をしてもらってました。その後はお兄さんは何事も無かったかのように仕事に戻っていきました。その何気ない素振りに私達姉妹は「ちょっと今の見たー。超、かっこいいねー」って言いながら凄く気持ちが暖まりました。

✉ガオガオさん

最近「1人でお買い物」がマイブームになっている5歳の娘。

むすめ「お母さん、お金ちょーだい。ちゃんと買ってくるから外で待っていて」

わたし「2千円札しかないから、おつりは落とさないでしっかり握ってよ！」

むすめ「大丈夫、だいじょーぶ。早く外に出て……」

レジが見える位置でウロウロしていたらコインがたくさんのおつりとなって戻ってきました。「あいー、絶対、転がるなぁ～」とおもったらレジのお兄さんは小さな袋にお金を入れ、口を二つ折りにしてテープで止め、しっかり彼女の手のひらに乗せて**「ありがとうございましたぁ～～」**と。娘も「お兄さんが袋に入れてくれたから落とさなかったよ！　おりこうでしょう」と自信満々でした。

R'☆さん

私の叔母は小学校で先生をしていて、よく休日に生徒をつれて山や海などに遊びに行くのですが、その日はたまたま叔母の知り合いの先生が同乗し、ドングリを取りに山に生徒をつれていったそうです。生徒達が次々にドングリを見つけて行ったが、やはり探せない生徒もいました。

そしたらそんな生徒の前に急にドングリが落ちてきたそうです。その子は「見つけたぁー！落ちてきたぁー！」と大喜び。そして最後にはみんながドングリを見つけたんだとか。

しかしこれには裏があったのです。先に行っていた先生がドングリを拾って、なかなか見つけられない生徒の前に**知らんふりをして投げていた**のです。叔母には「一人だけ見つけられなかったらかわいそうさぁ～」と言っていたそうです。

うんたまぎるーさん

中学三年生のとき、いつものように終バスに乗ろうとしたんですが……バス券が切れてた！お金も五十円くらいしか持っていなくて、バスを止めたものの、運転手さんに「バス券なくしたからいいです……」と、しょんぼりして言ったところ、運転手さんが**「だぁ、いいよー。にーにー、乗りなさい」**と言ってくださったんです。一時間かけて歩いて帰るしかないと思っていましたので、ほんとに感謝しました！そのバスを降りるときに運転手さんにお礼を言ったら、「勉強ね？頑張りなさいよー。今度バスに乗ったときに払ってくれればいいさー」と言われまして、またまた感謝しました。もちろん、次にバスに乗るときにバス券をちゃんと二枚払いました。

✉アヤさん

8年程前、東京で3ヶ月程仕事をすることになり寮生活をしていました。他のメンバーもみんなうちなーんちゅだったんですが、土曜日の夜にみんなで新宿に飲みに行こうという事になり電車で新宿へ。大盛り上がりで時計を見るとすでに電車はなくなっていました。

私と後1人は疲れてるから帰ろうという話になりタクシー乗り場へ。その時私の所持金は1500円程。もう1人の子も同じくらいしか持っていなかったんです。私は相手が、相手は私がお金を持っているだろうという甘い考え……寮までは40分以上はかかる距離。二人で話した結果3000円の所で降りて歩こうとなりました。

そしてタクシーに乗り込み運転手さんに事情を話し、たわいない話をしていると……**ん？ あなた達うちなーんちゅね？** と言われ、そうですと答えると、やっぱり、しゃべり方でわかるよー僕もうちなーだよ。と言われ話は大盛り上がり。

聞けば佐敷町に住んでいたが2年程前に東京に来たと話していました。そんな中そろそろ3000円になってしまうとメーターが気になりだした時突然、「いいさーサービス、あんな寒いのに歩いたら大変だよ。うちなーんちゅだからほっとけないさー」と運転手さん。二人で手を取り合って喜んだのを覚えています。

あの時の運転手さん、今も元気で東京のにぎやかな街でタクシーを走らせているんでしょうか？今思い出しても運転手さんの優しさに胸が熱くなります。

私たちにもできること

✉ポン・デさん

3年前になるでしょうか。朝5時頃、原付で330を北向けに走っていると西原あたりの高架橋で子犬が道路わきに座り込んでいました。通り過ぎたのですが、まだ朝早くとはいえ後数時間で混雑する場所ですからやはり気になって引き返しました。

原付なので乗せるわけにもいかず、とりあえず車が来ないところまで連れていこうと思い、そ〜っと近づくと……「ダダーッ」と逃げ出しました。運良く車線の進行方向に走ったのですが、危ない！ と思いバイクを押しながら追いかけました。

そして犬と私の追いかけっこが続いたのですが、ふと後ろを振り返ると車が数台ノロノロ運転で渋滞していました。「でーじあふぁ」と思いましたが、みんなその様子を理解していて、**うなずく運転手や、手助けしようと助手席から降りる人**がいたりとイイ人達だったので助かりました。そのあと200メートルぐらい追いかけて子犬は歩道を抜けて住宅街へ逃げていきました。そのあとは何事もなかったように、みんな車にもどりその場を去っていきました。

私は汗だくでしたが、「まぁ最後まで面倒は見られなかったけど、なんかイイ経験したなぁ〜」と気分良くまた原付で走り出しました。この話、今でもイイ思い出のひとつです。

✉太陽さんさんさん

「僕は、パパから生まれたんだよね！」。一番下の子が、小学校1年か、2年の頃に言った言葉です。実は下の子が乳飲み子の時に離婚しています。学校でお父さんお母さんの話が出たのでしょう。もちろん私の家にはお母さんがいません、ですからそのような言葉が出たと思います。嬉しくもあり、悲しくもあり、複雑な気持ちでした。**父ちゃんがんばるからね。**

✉ゆしどうふさん

何年か前の話で恐縮ですが……南風原のとあるバス停で妙な物を見つけました。**時刻表のポールに財布**がはさまっているんです。「なんじゃらほい？」こんなとこに財布を忘れる人がいるんだろうか？と首をかしげながら馬鹿な私はバスに乗ったのです。

まさしくその日、家に帰って読書をしていたらある頁を読んで飛び上がるほど驚きました。その本は19世紀の初めにイギリスの**バジル・ホール**という人の書いた琉球訪問記だったと記憶しています。その中にこんなことが書かれていたのです。（以下はうろ覚えで書きましたので原文とはかなり違っていると思います。雰囲気だけでもつかんでもらえたら嬉しいです）

◆

岸に近づくと、船から不思議な物が見えた。それは往来にある1本の木の枝に挟まれていて袋のように見える。あれは何かと通訳にたずねると、「あれは銭入れだ。道で拾った人が、あとから探しにくる落し主のためにああして目立つように木にはさんでいるのだ」と答えた。我々は思わずうなった。我が国であのようなことをしたらたちまち誰かにネコババされるだろう。このことだけでも、琉球の人々の信義の厚さと優しさが十分に理解できた。

✉ガムさん

情熱大陸で与座聡さんというお医者さんのボランティアの様子が放送されていました。貧しい国の人達を救うボランティアでした。細菌の影響で顔がとけていく症状が現れる病気があるそうです。栄養が行き届かない貧しい国での発症率が特に高く、手術も高額な為に受ける事が出来ないそうです。この病気のせいで鼻や口が欠損してしまうために、社会的な差別を受けてしまうケースが多いそうです。そこで形成外科医である与座さんが欠損した部分を修復する手術を無報酬で行っていました。与座さんは宮古島の出身だそうです。ボランティア自体にも感動したのですが、与座さんがうちなーんちゅだと知ってさらに感動してしまいました。

海外のロックバンドU2が、各国のリーダー達に向けたメッセージで「人類を月へ送る事も正しいが、**月に人を送るなんて大それた事より、まず人類を大地に戻す事が先決だ。**一刻も早く極度の貧困を解決して下さい」という胸に応えるメッセージをおくっています。

与座さんも一人でも多くの子供達の笑顔が見たくてボランティア活動を行っているそうです。私も微力ですが、子供達の笑顔の為に協力したいなと思いました。

✉ロンチさん

私は看護師をしています。2~3年前の話ですが、入院患者さんで90歳近くのおじぃがいました。おじぃは肺ガンで死期が近く、日に日に呼吸がきつくなっていきました。おじぃの側には朝から夜遅くまでおばぁが付き添っていました。おじぃは見た目は恐そうな顔をしていて、最初私も近寄りがたい感じがありました。おばぁはいつも何も言わないけどおじぃの手を握り、優しい目をしていました。

おじぃが最期を迎える数時間前、呼吸がきつく話すのもやっとの中でおじぃは言葉を振り絞り小さな声でおばぁに**「愛しているよ」**と言いました。その言葉を聞いた時に思わず涙が出ました。人は最期に大切な人が側にいて看取られること、伝えたい事を伝えられることは、そう無いことだと思います。いつか来るその日に、私も愛する人達に看取られる事を願いながら、毎日を生きていけたら……と思います。

✉姉になりたい☆さん

私の自慢である「姉」のお話をしたいと思います。私の姉は結婚して6年目になりますが、式を挙げるどころかドレスの写真さえ撮っていません。姉が入籍した当時、父が病気で入退院を繰り返す毎日だった為、やむを得ず諦めたのです。その後、孫(姪っ子)が2人でき、父もすごく喜んでいましたが、一生に一度しか着れないドレスを、姉にはぜひ着てほしいと思っていました。しかし姉は、**「着たいけど、しょうがないよ……」**の一言。父が脳梗塞で倒れた16年前、父を看病できるようにと姉は介護士になると決め、8年前に資格を取得しました。

父が入院しても看護士さんいらずで、食事はもちろん、ベットのシーツ換え・お風呂、更にはオムツ替え等、同じ娘の私でさえもできない介護を、姉は毎日こなしていました。同じ病室の患者さん達は皆、姉に関心し、父をうらやましがっていました。私と妹は、仕事帰りに、父の好きな「コーヒー牛乳」と「あんパン」を買って、父のベットのそばで今日の出来事の話をするだけ。少しずつやせ細っていく父を元気づけようと、通える日は毎日行きました。

そして去年、父は亡くなりました。

父の冷たい顔を両手で包んだ姉は、こう言ったのです。「お父さん、何もしてあげられなくてごめんね……本当にごめんね」と。同じく毎日看病していた母は、「お父さんはお姉ちゃんに一番感謝しているよ。体が苦しい時は、いつもお姉ちゃんを呼んでいたんだから。お母さんも感謝してる。ありがとう、お姉ちゃん」。私たち家族だけではなく、親戚一同、みんな同じ気持ちでした。

そして、1ヶ月前。**姉はウエディングドレスを着ました。**あの頃より、随分とたくましい姉の姿。そしてすごく嬉しそうで、幸せそうでした。姉は隠していたけど、ハンカチの中には父の写真がありました。お〜い！お父さ〜ん！ちゃんと見たか〜い。お姉ちゃん、めっちゃキレイだよ〜。この日は7月7日。お姉ちゃんのちょっとした願い事が叶った日でした☆

【tommy】


沖縄には「ゆいまーる」という方言がありますね。

助け合いとか支えあい……とでもいいましょうか、そんな感じの言葉なのですが、「ちょっといい話」にはゆいまーる精神が生きているなぁ、と感じます。

生活に欠かせない車のトラブルで困った時など、自然に助けてくれる人達には感謝ですね。

見た目とのギャップも感動を倍増させてくれるようです。

『沖縄のうわさ話』あとがき

ほんの遊びのつもりで始めたサイトが一冊の本になってしまったことに私自身、驚きを隠せません。本を出版するなんて、作家か有名人のすることだと思っていました。

人生、何が起こるかわからないものだなぁ、と感じています。

まずは、このサイトを支えていただいてる皆さんに感謝したいと思います。

投稿は全てに目を通して、適宜修正を加えたりしながら掲載させていただいていますが、全部の投稿を掲載できないことをこの場を借りてお詫びさせていただきます。ですが、皆さんの投稿あっての「沖縄のうわさ話」ですので、今後ともよろしくお願いします。

そして、あまり表に出ることのない私に、いろんな刺激をあたえてくれるweb仲間のみなさん、プロの仕事とはこうあるものか！といつも感心してます。

特にコエリさんにはイラストの提供でお世話になってます。この場を借りてお礼申し上げます。また、本書に「脱力系イラスト」をご提供いただいた長嶺里子さん、ありがとうございました。

さらに、「沖縄のうわさ話」に出版の機会を与えていただいた、ボーダーインクのスタッフのみなさん、ありがとうございました。編集の喜納えりかさん、うわさ話の抽出から編集作業まで大変だったと思います。編集作業の際に紙に印刷してみて、その量の多さに驚いたのは何を隠そう私自身です。(笑)

実は、今回掲載させていただいた内容はサイトのほんの一部です。60を超えるうわさ項目の中のほんの7項目なのです。その他にもたくさんのうわさ話がありますので、是非、webサイト「沖縄のうわさ話」(http://098u.com)までお越しください。

お気に入りのうわさ話を見つけることができると思いますよ。

２００６年６月

「沖縄のうわさ話」ウェブサイト管理人　ｔｏｍｍｙ

●●サイトの紹介●●

沖縄のうわさ話
URL：http://098u.com
沖縄に関するいろいろな情報を投稿していただき、
うわさ話として紹介するサイトです。

管理人：tommy
開設年月日：1998年9月くらい
アクセス数:一月あたり 約2,300,000PV(ページビュー)
総投稿数:59,332件(2017年3月現在)

＊本書のイラスト担当＊
ジャケット・本文　女の子イラスト　coeri(コエリ)
本文　脱力系イラスト　長嶺里子

沖縄のうわさ話

編　者	「沖縄のうわさ話」ウェブサイト管理人 tommy
発行者	宮城正勝
発行所	(有) ボーダーインク 沖縄県那覇市与儀 226-3 TEL098(835)2777　FAX098(835)2840 http://www.borderink.com e-mail wander@borderink.com
印刷所	株式会社 近代美術
2006年7月3日　第一刷発行 **2017年4月20日　第八刷発行**	Printed in OKINAWA 2006 ISBN978-4-89982-107-6